難攻不落のエリート上司の執着愛から逃げられません

目次

難攻不落のエリート上司の執着愛から逃げられません

1

「……ぅうん」

意識がゆっくりと浮上する。私はまだ定まらない意識の中、薄く目を開いた。すると、見慣れない天井が視界に飛び込んでくる。

あら、ここはどこかしら……？

二、三度瞬きをして、寝返りを打った。

「……えっ⁉」

その瞬間、隣に眠っている人に心臓が止まりそうなくらいに驚いた。

見慣れない天井に、隣で眠るよく見慣れた人……

「う、嘘……」

飛び込んできた視界からの情報が受け入れがたく、まだ眠気でふわふわしていた頭が弾かれたように覚醒する。

一見すると、西洋人だと見紛いそうな鼻筋がすっと通った彫りの深い顔立ち。普段はすっきりと整えられた黒色の髪が今は崩れているが、間違うはずがない。

典雅《てんが》さとは彼のためにある言葉なのだと思うくらい整っていて美しい体貌……

「嘘でしょう……」

夢……？　と思いながら、おそるおそる手を伸ばして彼の頬に触れてみる。そしてその頬をむにっとつねった。

「あら、痛くないわ……。よかった、夢だったのね」

嫌だ。私ったら、変な夢見ちゃった……

ホッと胸を撫で下ろして寝直そうとすると、隣で眠っていた人の手が伸びてきて私の頬を摘んだ。

「そういう時は自分の頬をつねるもんだ」

「いひゃいれす……」

「当たり前だ。夢じゃないんだからな」

彼は呆れたように黒い瞳を細めて、小さく息をついた。私は先ほど摘まれた自分の頬をさすりながら、彼の顔をまじまじと見つめる。

やっぱり何度見ても、部長よね……？

彼は杉原良平《すぎはらりょうへい》さん。私より五つ年上の三十三歳で、父が経営する化粧品メーカーの商品開発部の部長だ。

ちなみに私はそこの研究員で、商品開発部とは新商品に必要な研究開発の打ち合わせなどをよくするので、当然ながら彼とも面識はある……。が、プライベートで交流を持つほどの関わりはない。

「杉原部長ですよね……？」

「ああ」

肯定する彼の言葉に、私は一気に鼓動が速くなった。正常値を明らかに上回った気がして胸元を強く押さえる。

落ち着こう。落ち着かなきゃ……。父も常に冷静に物事を見なさいと言っていたじゃない。だから、落ち着かないと……

何度か深呼吸をして目を閉じ、けたたましい心臓を落ち着かせようと試みた。これが夢で、次に目を開けた時は自分の部屋だったらいいなと願いながら……

が、改めて目を開けてみても相変わらず見知らぬ部屋で、目の前には部長がいる。何も変わらない光景に、落ち着かせようとしたはずの心臓がまた激しく鼓動を刻む。

「嘘よ、嘘だわ……」

誰かこれは夢だと言って。お前は悪い夢を見ているんだと。誰か私を起こして……

「嘘じゃない」

どんどん血の気が引いていく私とは対照的に彼は楽しそうに笑う。そして私の乱れた髪に手を伸ばして、梳《と》かすように指を通した。

「君が社長の娘だなんて知らなかったよ。こんな俺がお嬢様の処女をもらっちゃって、社長に殺されそうだな」

けらけらと笑う彼に私はさらに青くなった。言葉を失ったまま硬直していると、彼が顔を覗き込んでくる。

「おいおい、大丈夫か？　俺なりに優しくしたつもりではあるんだが、椿《つばき》が可愛すぎたせいで、少し自制がきかなかった自覚はある……。すまなかった。体、大丈夫か？　まだ痛むか？」

……あれ？

気遣わしげな彼の言葉遣いや態度に違和感を覚え、私は彼をジッと見つめた。

彼は優しい。今だって私の体を気遣ってくれている。だから優しいことには変わりはないのだが、やはり何かが違うように感じる。

どこが違うと言われると難しいんだけれど、普段の彼の口調はもっと柔らかかったはずだ。それに、一人称も『俺』ではなく『僕』だったような……

いつもと違うように感じる彼に、私はひどく混乱した。

第一、彼はとてもモテるが浮いた噂などは今まで聞いたことがない。こんなふうに恋人ではない女性と一夜を共にするようなタイプではなかったはずだ。……少なくとも、私の知る限りでは。

「ぶ、部長？　あの、言葉遣いが……。それに、名前……」

椿って……

いつもは私のこと苗字で呼んでいますよね？

戸惑いを隠せずにおそるおそる違和感の正体を訊《たず》ねる。すると、彼はなんでもないような顔でこう言った。

「仕事中とプライベートでの振る舞いの差が、そんなに珍しいか？　公私を分けることは何も変なことじゃないと思うが……」

仕事中とプライベート……。た、確かにそうよね。私ったら……

見えているものがそれらを表すすべてではない。突き詰めれば色々なことを発見できるからこそ、研究は楽しい。それは、きっと人にだって言えるはずだ。それなのに、私は今まで見ていたものを彼のすべてだと決めつけていた。

知らない部分を垣間見たからって違和感があるだなんて、とても失礼だわ。

自分の浅はかさと愚かさに、ベッドの上で頭を抱えてうずくまると、背中を優しくさすってくれた。

「部長……」

「椿、本当に大丈夫か？　そういえば、昨夜はめちゃくちゃ飲んでいたもんな」

「はい、大丈夫で……」

「だけど、酒を理由になかったことになんてさせないからな」

え……？

私の言葉を遮った彼の言葉にきょとんとすると、彼がニヤリと笑って私の顎をすくい上げた。

「椿は本当に可愛い。今までも仕事に真摯に向き合う君をとても好ましく思ってはいたが、昨夜の君は今まで以上に俺の心を揺さぶった。それはもう感動に打ち震えるほどに……」

「あ、あの、部長？」

「俺の隣で父親の理不尽な言葉への憤りと、仕事への熱い思いを語り、泣く君を見て、俺はなんとしてでも椿の望みを貫かせてやりたいと思ったんだ。頼む。俺に寄り添わせてくれ」

私の顎を掴み、射貫くような眼差しでそう言われ、動けなくなってしまった。

昨夜、私何したの？　何を言ったの？

えっと、昨夜は確か……

＊＊＊

定時を一時間半ほど過ぎて、研究所内から人がいなくなった頃、私は使った器具を片づけていた。

ここは父が経営する化粧品メーカーの研究所だ。ここで研究員たちは基礎研究や製品開発をしている。

私は新商品に必要な新規有効成分の開発に携わっているのだが、やはりこういうものは時間がかかる。……数年かけても、それが形にならないことは珍しくない。

だからつい就業時間後も残ってやっちゃうのよね……。よくないのは分かっているんだけど……

そんなことを考えながら片づけていると、研究室のドアがコンコンとノックされた。その音に顔を上げる。

あら、誰か忘れ物かしら？

うちの研究所は、通りを隔てた斜向《はすむ》かいに本社ビルが建っているということもあり、たまに本社の社員が直接来ることもある。が、定時を大幅に過ぎているので、その線は薄いだろう。それにこんな時間だ。緊急ならまず内線がかかってくるはずなので、やはり研究員の誰かが忘れ物をしたのだと思う。

ノックなんてしなくても、いつものように普通に入ってくればいいのに……

そう思いながら、「どうぞ」と声をかけるとドアが開いた。そちらに視線をやると、そこには我が社の社長――私の父である兎之山崇《とのやまたかし》がにこやかな表情で立っていた。

「社長、どうかされたのですか？」

なぜ、ここに？

私は目を瞬かせながら、問いかけた。

私たちは社内では親子ということを隠している。兄の彬《あきら》は跡取りとして専務として、堂々と『社長の子』を名乗っているが、私はその肩書きが仕事の邪魔になると思い、母の旧姓である『羽無瀬《うなせ》』を名乗っている。なので、父も兄も私の意を汲んで社内で声をかけてくることはまずない。ましてや会いにくるだなんて……

驚く私を一瞥して父はソファーに腰掛ける。

「もう就業時間を過ぎているし、研究所内に誰もいないんだ。畏まる必要はない。実は、ちょっと話があってな」

「話、ですか？」

最近家に帰っていないことを叱りにきたのかしら？

私は仕事が長引くと、研究所に泊まることが多々ある。実はここの最上階を無断で改装して秘密の仮眠部屋を作っているのだ。といっても、ワンフロアをまるまる使っているので、キッチンやリビング、お風呂なども備わっている――とても快適な私だけのお城だ。

だが、それを父も兄もよく思っていない。本当はやめてほしいが、終電後に一人で夜道を歩いてほしくないので渋々黙認してくれているだけだ。なので、お小言を言いにきたのかもしれない。そう思った私はお小言が飛んでくる前に頭を下げた。

「お父様、ごめんなさい。新商品に必要な新規有効成分の開発に根を詰めていて、最近は帰れないことが多かったんです。今日は帰ります……」

「いや、そういうことじゃないんだ。もちろん業務は決められた時間内で終わらせて帰ってくるべきだが……。今日言いたいのはそういうことじゃないんだ……」

何かしら……？

なんとなく歯切れが悪い。どうしたんだろう。

父が後ろ手に持っている物が気になって覗き込むと、ごほんと咳払いをされた。

「ほら、座りなさい」

「は、はい」

促されるままにソファーに座ると、父は気まずそうに手に持っていたものをテーブルの上に置いた。

「椿。お前も、もう二十八だろう。そろそろ結婚を視野に入れてもいいんじゃないのか？」

「え？」

「こういう話は母さんや彬がいる家ではできんからな。確実に、自分が椿の相手を選ぶと息巻くに決まっている。それもあり、悪いとは思ったんだが、この時間を選ばせてもらったんだ。どうだ？　今、お付き合いしている人はいないんだろう？」

え……？　えっと……

私はテーブルに置かれた明らかに見合い写真と分かるものを見ながら、言葉を詰まらせた。

「……また急にどうして？」

「急じゃない。実はずっと考えていたんだ」

見合い写真をずいっと差し出す父に気圧されながら、私はそれを手に取って、おそるおそる開いてみた。高級な台紙が使われていて、どの写真もとても気合いが入っている。が、正直なところ全員似たような顔に見えてしまった。

「私が見繕ったお前の花婿候補だ。どの相手も良家の子息で不足はないぞ。気になる人がいれば会ってみないか？」

「お父様……。私、去年大学院を卒業して就職したばかりなんですよ。まだ結婚なんて考えられません」

どういうつもりかは知らないが、こんなお節介は不要だ。

大仰な溜息をついて、見合い写真をばんっと閉じて突き返す。そんな私を見て、父は嘆息した。

そして残念なものを見るような視線を向けてくる。

「誰も今すぐ結婚しろとは言ってないだろう。私だとてお前に相手がいるなら、こんなお節介を焼いたりはしない。だが、お前のことだ。放っておいたら研究三昧であっという間に三十を超えるのが容易に想像できる。それに、どうせ今まで誰とも付き合ったことすらないんだろう？　好きな人もいないんじゃないのか」

「う……。それは……」

いるわよ。気になる人くらい。

だが、それは言えないので、視線を彷徨《さまよ》わせた。

「ですが跡を継ぐのはお兄様ですし、何も私が結婚しなくても問題ないじゃないですか……」

私の言葉にお父様がフンッと鼻を鳴らす。

「問題大ありだ」

そう言って真っ直ぐ見据えてくる。その目が居心地悪く感じて、私は視線を下に向けた。俯くと、見合い写真が視界に入ってきてげんなりする。

私、結婚なんて……

「いつまでもおままごとのように研究なんてしていないで、早く孫の顔を見せてくれ。この中の人なら結婚後、将来的に彬の支えにもなってくれるだろう。よいこと尽くめだ」

「……おままごとってなんですか？　私はこれでも会社のためになるようにと、頑張っているのに！」

結局は会社にとって利益になる家の人と結婚して、将来跡を継ぐ兄を支えてほしいんでしょう……！　そんなの、そんなの、私……

私は膝の上で拳を握り締め、父を精一杯睨《にら》みつけた。そんな私の頑なな様子に、父が小さく息をつく。

「それは分かっている……。私の言い方が悪かった。だがな、椿。我が社には優秀な研究員がほかにもいるんだ。何もお前が研究所に泊まり込んでまで頑張る必要はない。父としてお前のことが心配なだけなんだと分かってほしい。もしも椿に好きな人や付き合っている人がいるなら、私は何も言わない。真にお前を想ってくれる人なら私は家柄など気にしないから、そういう人がいるなら隠さずに教えてくれ」

とても真剣な眼差しと強い口調でそう言う父に、私はなんと返したらいいか分からず逃げるように視線を逸らした。

「椿……。よい人がいないなら、そろそろ仕事を辞めて花嫁修業でもしつつ、見合いでもしてみないか？　見合いというと椿は引いてしまうかもしれんが、こういうことは会ってみないと何も分からない。もしかしたら、椿が好きになれる人に……」

「い、嫌です！　私は絶対に辞めません！　それに誰とも結婚なんてしません！」

私はこれ以上何も話したくなくて、父の言葉を遮りその場から逃げた。

＊＊＊

ああ、思い出した。思い出したわ……

父の仕事を辞めろ発言と結婚への圧に腹を立てて、そのまま駅の近くにあった適当なバーに入ったのだった。

陰鬱な気持ちのままカウンターに座ると、杉原部長がいて――いつもと同じ優しい笑顔と声音で、落ち込んでいる私の話を聞いて慰めてくれた。そして、元気が出るようにと美味しいカクテルもご馳走してくれたのだ。

元々彼に淡い恋心をいだいていたこともあり、その優しさと酔いに負けて彼に泣きつき縋《すが》ってしまった、気がする。

ということは、ここは部長の部屋？

昨夜ドキドキしながら彼の部屋に足を踏み入れた記憶が蘇る。

「……私ったら」

なんてことを……！

冷静になってくると、色々思い出してきて、私はただでさえ青い顔をさらに青くさせた。

「今日は休みだし、一緒にゆっくり過ごそう」

彼はそんな私とは対照的に呑気な声を出して、床に落ちている下着を拾って穿いている。でも私は未だに布団にくるまったまま動くことができなかった。

昨夜、お酒の力があったとしても彼に『抱いて』と迫ったのは紛れもなく私の本心だ。

だからって私ったら、なんてはしたないことを……

昨夜のことを思い出してしまい、次は青かった顔にボッと火がついて、みるみるうちに赤くなっていく。

父に今まで誰とも付き合ったことがないと指摘されて、私にだって好きな人くらいいるわよとムキになっていたのだ。そのうえ、飛び込むように入ったバーに意中の人がいたものだから、つい想いを吐露してしまった。

自分のしたことがゆっくりと蘇ってくると、とてもじゃないがジッとなんてしていられない。

いくらずっと彼に憧れていたとは言え、『抱いて』ってお願いするなんて……

自分の愚かしい行動に、私は唇を噛んだ。

ああもう、私ったら最低。……部長、絶対に困ったわよね？　彼は優しいから、泣いている私を無下にできなくて受け入れてくれたけど、本心では困っているかもしれない。

でも、一夜を共にしてしまったから、迷惑だって言えないんだわ。

「あ、あの、部長。昨夜は自暴自棄になっていて、大変失礼なことをお願いして申し訳ありませんでした」

「良平」

「え？」

全部忘れてなかったことにしてほしいと言おうとした途端、彼はそう言って短く言葉を切った。

なぜ、彼の名前を告げられたのか分からずに俯きがちだった顔を上げると、強い眼差しに射貫かれる。

「なぜ謝るんだ？　もう恋人同士なんだから、失礼も何もないだろう。それより名前で呼べよ。仕事中は仕方がないとしても、二人きりの時は名前で呼んでくれ」

「こ、恋人⁉」

部長の言葉にびっくりしすぎて声が裏返る。彼はそんな私の肩を抱いて、ニヤリと笑った。

「さっきも言ったろ？　酒のせいでなかったことになんてさせないって」

「で、ですが、私……」

「昨夜は自暴自棄で酒に呑まれていたのかもしれないが、これからは違う。シラフでたっぷりと愛してやるよ」

え……？

普段とは違う——獲物を捕らえた肉食獣のような雰囲気で私を見つめる彼に、動けなくなってしまった。

ど、どどどういうこと……？

「さて、食事の前に風呂に入るか……」

「えっ⁉」

その言葉に心臓が大きく跳ねる。

えっと……お風呂？　お風呂って……

返事ができないまま顔を引き攣《つ》らせていると、彼が私の頭をくしゃっと撫でた。

「今、湯を入れてくるから、ちょっと待っていてくれ。ついでに風呂から出たら食べられるように食事の用意もしてくる。椿は体が冷えないようにベッドの中で待っているんだぞ」

彼はそう言ってベッドから降りると、クローゼットから出したシャツを私に渡し、布団をかけて体が冷えないようにしてくれる。

その心遣いを嬉しいと思うのに、私はお礼を言うことができずに、彼のシャツをぎゅっと抱き締めたまま布団の中に隠れた。

「いい子で待っているんだぞ」

彼は、そんな私に布団の上からキスを落として部屋から出て行った。

ドアが閉まる音を聞いて、私は布団から顔を出して部屋に一人になったことを確認する。それが分かると、ベッドから飛び出し床に散らばっていた下着や服を大急ぎで身につけた。

ごめんなさい、部長。色々とキャパオーバーで、今はどうしたらいいか分からないんです。一度一人で考えさせてください。

心の中で謝りながら、彼が先ほど渡してくれたシャツを畳んでベッドの上に置く。そして、ザーッというお湯の音が聞こえてきたのを確認してから、その音に紛れて玄関のドアを開け、逃げるように彼のマンションを飛び出した。

幸い、今日は土曜日だ。この二日間、ゆっくり考えよう。そして月曜日に、改めて今回の非礼を謝ればいい。

それに私だけじゃなく彼も考える時間が必要だと思う。きっと彼は真面目だから、私の願いに応じてしまった責任を取らなきゃいけないと思っているのかもしれない。

一人になって冷静になれば昨夜のことを後悔するはずだ。ううん、実はもうしているけど、言い出せないのかもしれない。なら月曜日に改めて話をして、忘れてくださいって言わなきゃ……

優しい彼を一夜の過ちで縛りつけるなんてダメだ。ちゃんとお互い忘れましょうと話をして、解放してあげなければならない。絶対そのほうがいいに決まっている。

「だから、今はごめんなさい。逃げる私を許してください」

私はぶつぶつと謝りながら大通りに出てタクシーを拾い、逃げるように家へ帰った。

＊＊＊

「ただいま！」

「おかえりなさい……」

駆け込むように自宅に入りドアを閉めると、ちょうど玄関にいた義姉《あね》が目を瞬かせる。

「お義姉様、驚かせてごめんなさい。ただいま帰りました……」

少しばつが悪くて笑って誤魔化すと、彼女もニコッと微笑んでくれる。

――彼女は、兄の妻の志穂《しほ》さんだ。跡継ぎである兄は、現場を知っておくために一時期、父が懇意にしている会社で一般社員として一から学ばせてもらっていたことがあった。その時に出会い、今は妻として秘書として兄を支えてくれている素敵な女性《ひと》だ。

どんな時でも優しく公平で、とても綺麗な彼女は私にとっても自慢の義姉で、ひそかに目標にしていたりもする。

「椿ちゃん、昨日はどうしたの？　大丈夫だった？」

「大丈夫です。昨夜は帰らなくてごめんなさい。もしかして私を心配してここに？　お兄様も一緒ですか？」

部長のところから逃げてきて、未だにドキドキとうるさい胸元を押さえながらそう問いかけると、義姉が私の背中をさすりながら頷いた。

「ええ、皆心配していたのよ。とりあえず、ここじゃなんだからリビングで話をしましょう」

そうよね……。父と言い合って一晩帰らなかったら心配するのは当たり前よね。

「心配をかけてしまって、ごめんなさい」

悪いことをしてしまったと思い謝りながらリビングへ移動する。すると、お手伝いの生嶋《いくしま》さんが「おかえりなさい、お嬢様」と優しい笑顔で出迎えてくれた。

そしてお茶を淹れてくれたので、それを飲みながらホッと一息つく。少し気持ちが落ち着いたのでスマートフォンの電源を入れてみると、父と兄から留守番電話が一件ずつと、メッセージアプリに『心配しているから連絡してほしい』と来ていた。

おそるおそる留守番電話を確認すると、父が昨日の件を謝り「無理強いをしないから話し合おう」と言っていた。そのとても心配している声音に、私は昨夜のことを思い出して胸がチクリと痛んだ。

「落ち着いたかしら？」

スマートフォンを握り締めながら心の中で父に謝っていると、義姉が微笑む。

「はい。ありがとうございます」

「昨夜はお義父様から椿ちゃんが研究所を飛び出したきり、家に帰ってこないからそっちに来ていないかと確認の電話があったの。それを聞いた彬がね、とても心配しちゃって……。私とお義母様は会社近くのホテルにでも泊まっているんじゃないの？　って言ったんだけど、何せお義父様と喧嘩して飛び出したでしょう。だから、過保護な彬お兄様としてはとても心配だったみたい」

クスクス笑いながら話す義姉に、私はあたふたしている兄の姿を想像してしまい、一緒になって笑ってしまった。

本当に悪いことをしたわ。あとで、二人に謝らなきゃ……

「笑いごとじゃないよ」

「きゃっ！」

そんなことを考えながら義姉と一緒に笑っていると、突然頭をがしっと掴まれる。驚いて顔を上げると、そこには困り顔の兄がいた。

「お兄様……」

「本当に心配したんだよ。分かっているのかい？」

「はい。ごめんなさい。ちゃんと分かっています」

「椿は、仕事となると言うことを聞かないけど、今まで父さんと喧嘩をすることなんてなかったから……。余程のことだと思って、めちゃくちゃ心配したんだ。それで、怪我はない？　昨夜はどこにいたんだい？」

「怪我はありません……。えっと、昨夜は会社の近くのビジネスホテルに泊まっていました」

まさか杉原部長のところに泊まりました、なんて言えない私は嘘をついた。

「そっか……。なら、いいんだけど」

兄はホッと胸を撫で下ろし、義姉の隣に腰掛けて何度も「よかった。無事で」と繰り返す。その姿を見ていると、なんとも言えない気持ちになって、真っ直ぐに兄の顔が見られなかった。

本当のことを言ったら叱られるというより、卒倒されそう……

「ねぇ、椿。父さんの心配は分かるけど、僕は椿の好きなようにすればいいと思うよ。結婚するもしないも自由だし、たとえ結婚したとしても仕事を続けたければ続ければいい。まあ見合い話は椿からしたら突飛すぎたよね。でも、誤解はしないであげてほしいんだけど、父さんは椿を会社の利益のために嫁がせようとか、そういうつもりではなかったんだ。ただ単に椿が幸せになって、それで孫の顔も見られたら万々歳ってところなんだよ」

「それは先ほど留守番電話を聞いたから分かっています」

「なら、よかった。あとで帰ってくると思うから、ちゃんと話し合ってみるといいよ」

こくんと頷くと、兄の手が伸びてきて、頭を撫でてくれた。温かくて優しいその手は小さな時から何も変わらない。優しい兄の手だ。

「椿ちゃん。私も彬さんも貴方の味方よ。それはお義父様やお義母様も同じだと思うわ。だから、あまり考えすぎないようにね」

「はい、ありがとうございます」

「でも、僕としては残業はやめてほしいけどね。これは兄としてもだけど、上司としてもだよ。正直なところ、研究所の上に勝手に専用の仮眠室なんてものを作っているのもよくないかなぁとは思っているよ。それが余計に残業を増やしている原因だろうしね」

「ごめんなさい」

しゅんと小さくなって謝ると、兄ははっと笑って、私の額を指で弾いた。

「残業を減らして帰宅するくせをつけてくれたらいいよ」

弾かれた額を押さえながら返事をせずに兄を見ると、義姉がまたもや笑い出した。

「椿ちゃん、この人ね。椿ちゃんが変な男の人に声をかけられて、どこかに連れ込まれていたらどうしようって本気で心配していたのよ」

その言葉に心臓が大きく跳ねる。

連れ込まれるというか、正確には部長を誘ったのは私だ。ある意味間違えていない兄の心配に、変な汗が出てくるのを感じ、私は視線を彷徨《さまよ》わせた。

「志穂。それは内緒って言っただろう。……椿って研究に一辺倒で世間知らずなところがあるから、お兄ちゃんとしては心配なんだよ。それに連絡なしの外泊も今までなかったから居ても立っても居られなかったんだ。でも椿ももう二十八なんだし、心配しすぎはよくないって分かっているんだけど……。ごめんね、椿」

困ったように兄は笑った。兄の言葉は嬉しかったが、昨夜のことがあるので何も言えなかった。

＊＊＊

昨日は父とも話し合えて本当によかったわ。あとは、部長とちゃんと話をして謝らなきゃ……

朝、そんなことを考えながら研究所のロッカーにカバンを入れ、白衣を羽織る。

うう。一昨日、勝手に逃げちゃったことを怒っているかしら？　怒っているわよね？

時間が経って冷静になると、自分が無礼に無礼を重ねてしまったことに気づいた。だが、あとの祭りだ。

あの時は本当に混乱していて、あのまま彼の側にはとてもいられなかったのだ。どうか許してほしい。

それも併せて謝らなきゃ……

「……はぁ～っ」

露骨な溜息が漏れる。

もう少し冷静になって、あの場で話し合えていれば……。それが何よりよかったと分かっているだけに、少し気が重い。

部長、今日の都合はどうかしら？　お昼に……。いえ、終業後のほうがいいわよね？

できるなら少しでも先送りにしたい。そんなずるいことを考えてしまっている自分にかぶりを振る。

ダメ。ちゃんと非礼の数々を謝らなきゃ……

そう心に決めて研究室の中に入る。そして小さく息をついて、パソコンの電源を入れた。

「羽無瀬さん」

「はい！」

すると、所長に呼ばれたので顔を上げた。彼にちょいちょいと手招きをされたので、私は首を傾げながら近づく。

「なんでしょうか？」

「悪いんだけど今から商品開発部のほうに行ってくれないかな」

「えっ⁉」

その言葉に心臓がどくんと跳ねて、けたたましく鼓動を刻む。

ま、まさか、まさか、部長から呼び出し？

「えっと……何かあったのでしょうか？」

気をつけないと声が震えてしまう。

おそるおそる訊《たず》ねると、所長は顎に手を当ててうーんと唸った。

「……以前出した商品の目玉でもある水溶性高分子について、詳しく話が聞きたいらしいんだ」

「水溶性高分子、ですか？」

「うん。もしかすると、シリーズ商品を増やすために何か気になることがあるのかもしれないね。だから羽無瀬さん、悪いけど行って話してきてよ」

「はい、もちろんです」

あ、なんだ。仕事の話だったのね……

ホッと胸を撫で下ろす。でも、なんとなく残念な気持ちにもなってしまい、私は首を小さく横に振ることでその考えを振り払おうとした。

「なら、私が行ってきますよ。羽無瀬さん、新商品の成分開発で今忙しいでしょう?」

私が所長から説明に行く商品の資料を受け取っていると、同僚の狭山《さやま》さんがにこにこと近寄ってきた。すると、所長が難しい顔で首を横に振る。

「いや、杉原部長が羽無瀬さんをご指名なんだ。彼女の説明は分かりやすいから……」

「あ、そうなんですね……。まあ、あの成分を開発したの羽無瀬さんですもんね」

ご、ご指名⁉

うんうんと頷いている彼女の横で、分かりやすく体が跳ねてしまい、落としそうになった資料をぎゅっと抱き締めた。

い、今、ご指名って言ったわよね?

落ち着きを取り戻していた心臓がまたうるさいくらい跳ねて痛い。

や、やっぱり呼び出しだったのだわ……。ということは、聞きたいのは水溶性高分子のことではなくて、土曜日に彼のマンションから逃げ出したことよね……?

会って謝らなきゃとは思っていたが、こんなにも早く呼び出されるとは思っていなかったので、心の準備ができていない。でも直属ではないとはいえ、上司に呼ばれたのなら行かなければならない……

うう、頑張ろう。

とても失礼なことをしたのだ。慰めて私の無茶を聞いてくれたことに対してちゃんとお礼も言って誠心誠意謝らないと……

私は足取り重く本社ビル内にある商品開発部へと向かった。

「失礼します」

びくびくしながら中へ入ると、近くにいた社員に元気よく挨拶をされたので、私は張りつけた笑顔で同じように挨拶した。

「あ、あの、杉原部長と過去の商品の成分についてお話が……」

「はい、伺っております。呼んできますので、ちょっと待っていてくださいね」

「ありがとうございます……」

はぁ、少し落ち着かないと……

私は何度か息を吸って吐いた。

「おはよう、羽無瀬さん。ごめんね、朝から呼び出しちゃって……」

杉原部長が人好きのする笑顔で近寄ってくる。その笑顔は、土曜日の肉食獣のような表情ではなく、何事もなかったと勘違いしてしまいそうなくらい穏やかで無害そうな笑みだった。

「い、いえ……。それで、何が気になったのでしょうか？」

「その話は長くなるから会議室で話そうか。第一会議室を取ってあるから、僕と一緒に来てくれる？」

だ、第一会議室……!?　その名前を聞いて一歩後退る。

第一会議室は狭いし、社内でも奥まったところにあって使い勝手が悪いので、どこも空いていないとかじゃない限りは皆使わない。

そ、そこに呼び出されるなんて……

これはもう確実に、部長はあの日のことを問い質すつもりなのだ。

きゅっと唇を引き結ぶ。

覚悟を決めなきゃ……。ちゃんと一昨日はごめんなさいと言って謝るのよ。

縋《すが》るように資料を抱き締めると、部長が顔を覗き込んできた。

「ひぇっ」

「どうしたの？　大丈夫？」

突然、至近距離に彼の顔が来て驚き、数歩くらい飛び退く。

「羽無瀬さん？」

「あ。だ、大丈夫です！　ボーッとしてしまいました。申し訳ありません……」

「そう？　大丈夫ならいいんだけど……。じゃあ、行こうか？」

「は、はい……」

穏やかな微笑みを浮かべて、「こちらにどうぞ」と案内してくれる彼の後ろを縮こまりながら、ついて行く。

心臓が口から出そうなくらい緊張していて、今とても怖いけれど……自分のしたことは悪いことだ。

今日何度目か分からない覚悟を決めて、彼の後ろをついて廊下を歩く。商品開発部を出てエレベーターに乗って一つ上の階に上がる間も、第一会議室へ向かう間も、彼はにこにこと微笑んではいるが、何も話さない。その笑顔と沈黙が却《かえ》って恐ろしくてたまらない。

「どうぞ」

「は、はい！」

体をわななかせていると、部長の足が止まりドアを開けてくれる。

どうやらもう第一会議室についてしまったらしい。資料を抱き締める手に力を入れて、ごくりと生唾を呑み込み、促されるまま「失礼します」と会議室に一歩足を踏み入れる。すると、その途端肩をドンッと押された。

「きゃっ⁉」

咄嗟《とっさ》のことでよろけてしまい、テーブルに手をついて体を支える。手に持っていた資料は床に落ちてしまった。

え？　何？　何が……起きたの？

部長は勢いよく扉を閉めて鍵までガチャリとかける。その音にびくっと体が揺れて、ゆっくりと振り返った。

部長……？

理解が追いつかなくて呆けている私に、彼は怖い顔で私を閉じ込めるようにばんっとテーブルに手をついた。

「ぶ、部長……？　あ、あの……」

体のすぐ横にある部長の手を見つめたあと、おそるおそる顔を上げる。彼の顔からは先ほどまでの穏やかな笑みは消えていて、今はとても鋭い目つきで私を睨《にら》んでいた。その表情に、私は大きく目を見開いたまま動けなくなってしまった。

背中にはテーブル。前には私を挟むように両手をついている部長。逃げ場はない。

それにこの会議室は奥まったところにあるので、基本的に誰もこちらのほうには来ない。つまり誰も助けてくれる人はいない……。そこまで考えて、慌ててその考えを振り払う。

ダメよ、私。怖いけれど誰かに助けを求めるのは間違えている。ちゃんと話をしなきゃ。

「あの、部長。一昨日はごめんなさ……」

「俺をヤリ捨てるとはいい度胸だ」

「え？」

ヤリ捨てる……？

私の謝罪を遮る部長の言葉に目を瞬かせ、慌てて首を横に振った。

「いえ、ヤリ捨てるなんて、そんな……そんなつもりは決して……」

「なら、なぜ逃げた？　突然、部屋から出ていかれた俺の気持ちが分かるか？　分からないだろう？　君は一時の寂しさを紛らわせてくれる相手なら誰でもよかったのか？　あの日、俺を好きだと言ったのは嘘だったのか？」

「違っ、違います！　誰でもだなんて、そんなこと……。それに嘘じゃありません。私、部長のこと……」

彼は一層きつく私を睨《にら》みつける。

とても怒っているのが分かって、泣いてはいけないと分かっているのに、彼の鋭い視線と低い声音に涙が滲んでしまう。

どうしよう……。怖い……

怒られて当然だと分かっているが、ここまで強く怒りをぶつけられるとは思っていなかった。私が身を竦《すく》ませたまま涙目で固まっていると、部長は舌打ちをして頭を掻いた。

「……何も言わずに出ていかれたら心配もするし不安にもなる。俺が今日までどんな思いをしていたか分かるか？」

「申し訳ありません……。わ、私、あの時混乱していて、自分のことばかりで、本当に申し訳ありませんでした」

「謝罪なんていらない。それよりも、どうして逃げたか教えろ」

深々と頭を下げると、手が伸びてきて顎を掴まれ、無理やり顔を上げられる。

絡み合った視線が――絶対に逃さないと物語っていて、私は彼から視線を外すことができなかった。

「っ、ご、ごめんなさっ……」

震える声を絞り出す。

謝罪なんていらないと言われたが、どうしても許してほしくて、どうにかしてその怒りをおさめてほしくて……必死に謝った。

どうすればいいの……？

ぎゅっと目を瞑《つぶ》った瞬間、頭上からプハッと噴き出す声が聞こえる。その声に目を開けると、なぜか部長が笑っていた。

「えっ⁉」

「ぷっ、くくっ……っ」

瞠目《どうもく》したまま硬直している私を見ながら肩を震わせて笑い出した彼に、わけが分からず動揺したまま彼を呼ぶ。

「部長……？」

状況が飲み込めない。

先ほどまで怒っていたはずの彼が、今はなぜ笑っているのだろう……？

「ああ、もうダメだ。可愛すぎだろ」

「あの……。部長？」

どうなっているの？　どうして笑っているの？　怒っていたのではないの？

怒っているはずだった彼が笑っている今の状況も、彼が口にした可愛すぎるという言葉の真意も理解できない。混乱した頭で部長を見ると、彼は目を細めて顔を寄せてきた。そして私の腰を抱き寄せる。

「部長じゃない。良平だ。名前で呼んでくれって言っただろ」

「は、はい……。申し訳ありません」

パニックに陥ったまま頭を下げると、彼は笑うのをやめて、そんな私をジッと見つめる。

「分かった。なら、こうしよう。謝罪はいらないと言ったが、椿からの謝罪を受け入れてやる」

「本当ですか？」

よかった……

もうすでに怒ってはいなさそうだが、謝罪を受け入れてくれるということは一昨日の私の非礼を許してくれるということだ。本当によかった。

ホッと胸を撫で下ろすと、部長は小さく笑って、私の頬に手を添えた。

「部長……？」

「謝罪は言葉ではなく、これからの行動で示してもらいたい。逃げたことを悪いと思っているなら、二人きりの時は名前で呼んでくれ」

「え？　そんなことでいいんですか？」

「そんなこと？　言っておくが、めちゃくちゃ重要なことだぞ」

キョトンとする私の頬を摘んで、呆れたような声を出す彼に、もう先ほどのような怒りは感じられなかった。それにもう笑うのもやめたみたいだ。

何がそんなにもおかしかったのか分からないが、彼の名前を呼ぶことで許してくれるならお安い御用だ。私は二つ返事で了承した。

「じゃあ、ほら呼んでみろよ」

「は、はい。良平さん……」

「よくできました」

そう言って屈託なく笑い、頭を撫でてくれる彼に胸が大きく跳ねた。

良平さん……

心の中でもう一度呼んでみると、胸がトクントクンと高鳴っていくのを感じて戸惑う。私は目を伏せて白衣を掴んだ。

私、どうしちゃったの……？

「椿……。ごめんな。会った時から、すげぇビビってるから、つい揶揄《からか》っちまった。実際は怒ってなんかいなかったんだが、そういう素振りを見せたらどんな顔をするんだろうと思うと、つい……。悪かった……」

「いえ、いいんです。怒られて当然のことをしましたから……。動揺してパニックになっていたとはいえ、ちゃんと話さずに逃げてしまって申し訳ありませんでした」

改めて、深々と頭を下げて謝罪の言葉を口にする。彼はそんな私を見て自分の首裏に手を当て、少し困ったような顔で笑った。

「どちらかというとショックのほうが大きかったかな。何か嫌なことをして嫌われたんじゃないかって……、その気持ちのほうが大きかったから怒ってはいない。だからもう謝るな」

彼は苦笑いをしながら、私をひょいっと抱き上げると、テーブルの上に座らせた。そして甘えるように肩にすり寄りながら、抱きついてくる。

良平さん……？

「嫌だなんて、そんなこと絶対に有り得ません。……私、お酒で気が大きくなっていたからって、貴方に『抱いて』とせがんだことが恥ずかしくてキャパオーバーしてしまって、一度一人になって冷静に考えてみたかったんです……。だから……」

「だから逃げたのか？」

彼の言葉にこくりと頷く。

会議室に入った時のような怒気を含む声ではなく、とても優しく甘い声だった。

「りょ、良平さんは酔っ払って泣き喚いた私を可哀想だと思って、優しくしてくれたのだと思いました。……そ、それに良平さんは真面目で優しいから、私のわがままを聞いて抱いてくれたことへの責任を取らなきゃいけないと思い込んでいるんだとも思いました。だから、本当は後悔しているのに言い出せないなら、お互い忘れましょうとちゃんと話して解放してあげるべきだと……っ！」

彼は言葉を遮るように話している私の鼻を摘んで、小さな声で「バカ」と言った。摘まれた鼻を手で押さえて謝ると話の続きを促される。

「ほかには？」

「ほか……。えっと……私は研究に一辺倒で、自分が普通の人よりズレている自覚があります。研究に必死になると周りが見えなくなってしまうところが、かなりあるので……だから、私は恋愛や結婚には不向きであると考えていました。良平さんのことはずっと憧れていましたし好きです。でも、こんな私なんかが貴方を縛りつけるのは絶対にいけないとも思いました」

テーブルに座ったまま、目の前にいる彼に頭を下げると、彼は眉根を寄せながら苦笑いをして、私の髪をくしゃっと撫でた。

良平さん……

彼のその表情に胸が締めつけられる。

「ごめんなさい……。自分勝手ですよね……」

「別に。椿が仕事熱心なのは知っているよ。今までも仕事に真摯に向き合う君をとても好ましく思っていたと言っただろ。バーで会った時だって……、君がとても真剣に仕事への思いを語るから、俺は君から目を離せなくなったんだ。社長とのやり取りを聞いて自暴自棄になっているのは分かったが、君が俺を以前から憧れていたと……初めては俺がいいと泣きながら言った時に——自分が君に惹かれていたんだと気づいたよ。酔った状態の君を抱くのはフェアじゃないとは思いながらも、どうにも止まれなかったんだ」

え……？

予想していなかった彼の言葉に目を瞬かせる。

私に……惹かれていた……？

「椿、好きだ。俺はもう君にハマっているんだよ。だから、椿も堕ちてこいよ。ここまで来い」

そう言いながら私の肩に頭を乗せて、じゃれるようにスリスリとすり寄る彼の頭を撫でたくて、そっと手を伸ばしてみる。すると、彼は目を細めて甘い声で私の名前を呼んだ。

良平さん……

「椿のような人間には、はっきり言わないと伝わらないだろうから、何度だって言ってやる。好きだ、椿。そもそも好ましく思っているからこそ、君に寄り添いたいと思ったんだ。椿だから抱いたんだ。好きだ。好きなんだ」

その強い言葉にかぁっと顔に熱が集まってくる。

良平さんが私を？　私を好き……？

心の中で何度も反芻《はんすう》すると、全身がかっかしてきて熱っぽい。

「椿、好きだ。俺のものになれよ。仕事を優先しても構わないから……俺のものになれ」

彼は私の顎をすくい上げ、唇を合わせた。啄《ついば》むように上唇と下唇を食《は》んでから、ちゅっと何度も軽いキスに興じる。

「ふ、ぁっ、良平さん……」

ゆっくりと唇が離れた時、私は吐息混じりに彼の名前を呼んだ。すると、彼が蠱惑《こわく》的に笑う。その表情にさらに体が熱くなるのを感じた……

つい数日前に性の悦びを知ったばかりだというのに、はしたなくも彼を求めてしまっているのを感じて、私は恥ずかしさや情けなさから、ぎゅっと目を瞑《つぶ》った。

「なぁ、椿。こうやってキスに応じてくれるってことは俺のこと嫌じゃないんだろ？　椿は俺の告白を聞いて、どう思ったんだ？　答えを聞かせてくれないか？」

答え……

彼の言葉に私は自分の胸元を押さえた。

私も、私も、良平さんが好き。ずっと憧れていた。好きだった……

でも仕事を優先してしまう私には彼に想いを告げる勇気もなければ資格もないと思っていた。今だって、彼と仕事を天秤にかけたら、迷わずに彼を選び取れる自信はない。好きだけれど分からない。そんな私が彼の想いを受けてもいいのだろうか……

きゅっと唇を引き結ぶ。

でも仕事のほうが大事だからと、彼の想いを一蹴することもできない。嬉しいと思ってしまっている。

私、ずるい……

しばらく逡巡したあと、私はようやく口を開き、ゆっくりと自分の気持ちを言葉にしていった。

「嬉しいです。でも私、今は仕事のことしか考えられないんです。貴方に憧れていて、貴方に抱かれたいと思った気持ちに嘘はありません。貴方のことが好きです。あの日言ったことに嘘偽りはありません。けど……」

「分かっているよ。仕事が大切なんだろ」

その声に俯いていた顔をおそるおそる上げると、彼は優しい声音で私の頬に手を添えて笑う。

「何度でも言ってやるよ。仕事を優先していいから俺を選べ」

「良平さん……」

「椿が仕事に熱中しているところとかすげぇ好きだから、俺としては仕事を優先することについて何かを言うつもりはないよ。それに、結婚後も仕事を続ければいいと思っているし、必要なら兎之山家に婿に入ってもいいと思っている」

「えっ？」

ええっ⁉　結婚？　婿？

突然飛躍する彼の言葉に驚いて目を白黒させると、彼はなんでもないことのように笑った。

「うちの会社って同族経営色強いよな。だから椿をもらうなら、その覚悟が必要ってことも分かっているから安心してくれ」

「えっ？　待って……待ってください」

「でもうちの会社、ワンマンでもないし、福利厚生が整っている上に給料もいい。それはすべて椿のお父さんである兎之山社長のおかげだと思っている。尊敬しているよ。だから、婿に入ってもいいぞ」

え……。ちょっと、ちょっと待ってほしい……

私の戸惑いを分かっていながらも無視して話し続ける彼に、私はどうしたらいいか分からず、困ったように彼を見つめた。

「そんな顔するなよ。ちゃんと分かってるから」

「ですが……」

「散々好き放題言われて戸惑う気持ちは分かるが、何も今すぐ結婚しようと言っているわけじゃない。婿入りは俺の覚悟だと思って頭の隅にでも置いといてくれればいい。椿ははっきり言葉にしておかないと、勝手に俺が後悔しているとか優しいから嫌だと言えないんだとか……間違えた方向に気を回すからな」

「ごめんなさい」

頭を下げると、彼は私をぎゅっと抱き締めて、「もう謝らなくていい」と言った。理解を示してくれる彼に胸がじんわりと熱くなっていく。

「椿。仕事優先でいいから、男は俺だけを見てろよ。大切に愛してやるから」

「良平さん……」

「これからは変な勘違いなんてする暇もないくらい言葉にして伝えるよ。だから、椿も言葉にしてくれ。俺のこと、仕事の次くらいには好きなんだろ？」

声音も眼差しも優しげなのに、とても熱い。男の欲望を孕《はら》んだ熱い眼差しに——私はもう逃げられないことを悟って、小さく頷いた。

「椿、ダメだ。言葉にしろって言っただろ。ほら、ちゃんと言ってくれ」

「っ！　は、はい。……私も、私も良平さんが好きです。仕事ばかりの至らない私ですが……よろしくお願いします」

「おう」

嬉しそうに笑いながら力強く抱き締めてくれる彼に、私のオーバーワークに愛想を尽かされるまでは側にいようと心に決めて、私も彼の背中に手を回して抱きついた。

ずっと憧れていた人に好いてもらえるなんて夢みたい。それに今朝まではどうやって許してもらおうと、そればかりを考えていたから……。またしても目まぐるしい展開に、少々混乱気味でもある。

恋愛に慣れていないから戸惑っちゃうのよね。彼の側で慣れていけば、動揺したり戸惑ったりしてキャパオーバーを起こさないかしら……

2

ちらちらと時計を盗み見ると、十七時を指していた。

まだ十七時……

今日は時間が経つのが遅い気がするのは気のせいかしら。いつもは気がつくと定時を過ぎているのに……

そう思いながら、ふぅと息をつく。

良平さんは部長だし、定時になったからといってすぐに終了というわけにはいかないわよね。研究所の皆だって、いつも定時を少し過ぎてから帰るもの……

「……はぁ」

露骨な溜息が漏れる。そのうち、溜息に溺れてしまいそうだ。

私、本当にどうしちゃったのかしら。

会議室での話し合いは仕事中ということもあり早々に切り上げて、終業後にデートをすることになった。

そう、デート。良平さんとデート……

心の中で反芻《はんすう》すると、そわそわと落ち着かない。彼は今朝は仕事中でちゃんと話せないから仕事後に話そうという意味で誘ってくれたのに……。分かっているのに、心が浮き立ってしまう。

私は机の上に突っ伏しながら、また溜息をついた。自分で自分がよく分からない。彼に謝るまでの自分と今の自分の心境の変化の大きさにも、正直戸惑いを覚えている。

彼は仕事を優先していいと理解を示してくれた。今日のデートだって、私がきりのいいところまでやってからでいいと許してくれている。そんなふうに何時までても待つよ、と言ってくれているのに……

それなのに、それなのに……楽しみすぎて何も手につかないとかダメすぎるでしょう、私。

「……それだけ楽しみってことなのよね」

独り言ちながらマウスに触れ、研究開発中の新規有効成分のデータを開いて、ぼーっと眺めた。

いつもなら、必死になって向き合っているはずなのに何も頭に入ってこない。

「珍しいですね」

「えっ？」

頬杖をついて、パソコンの画面を目的もなく見つめている私に、狭山さんが微笑みかける。

「ほら。羽無瀬さんって、いつも黙々と仕事に励んでいるじゃないですか。なのに、今日はずっと心ここにあらずだったから、とても珍しくて……。皆で、どうしたんだろうって気にしていたんですよ」

「あ……。ごめんなさい。仕事を疎かにするつもりじゃなかったんです……」

「違いますよ～。責めているわけじゃないんです」

慌てて頭を下げようとすると、彼女は笑いながら私を制止した。

「最初は体調が悪いのかなと思ったんですけど、見ていたらなんだかそわそわもしていたし……。

このあと、何か楽しみなことがあるのかなって思ったんです」

狭山さん、すごい……

言ってもいないのに私の気持ちを分かっている彼女に、驚いて目を見張る。

「狭山さんって、人の心の機微を読むのに長けている方なんですね。とてもすごいです」

「やだぁ。ただ単に羽無瀬さんが分かりやすいだけですよ」

私の肩を軽く叩きながらクスクスと笑う彼女に少し驚いて、私は目を瞬かせた。

私って分かりやすいのかしら？

「それで？　今日はデートですか？」

「えっ？　えっと……」

「あ！　当たりました？　ふふっ、やっぱりそうだと思ったんですよね～」

「あ、あの……。えっと……」

的確に当てられて慌てている私とは対照的に彼女はとても嬉しそうだ。

「ふふっ、なんだか嬉しいです。研究バカの羽無瀬さんにもようやく春が来たんですね。よし！

そうと決まれば急ぎましょう！」

「えっ？　何を？」

何を急ぐの？

彼女は意気揚々と立ち上がり、困惑している私を引きずりながら楽しそうに研究室を出た。

一体何を急がなきゃならないのかしら？　一応、まだ就業時間中なのだけれど……

＊＊＊

「ほ、本当にこれで大丈夫でしょうか？」

「大丈夫です。めちゃくちゃ可愛いから自信を持ってください！」

「で、でも……」

「明日、いい報告待ってますね。ほら、いってらっしゃい！」

可愛い？　本当に？

まごついている私の背中をドンと押す狭山さんに縋《すが》るような視線を向けると、背中をまた押された。

「もう定時を三十分も過ぎてるんですよ。遅れちゃいますよ！」

そ、それは狭山さんがメイクとヘアセットをすると言って放してくれなかったからじゃ……

そう思いつつ、押し出されるままに研究所を出て、通りを隔てた斜向《はすむ》かいに建っている本社ビルへと向かう。

うう……。なんだか落ち着かないわ。本当に変じゃないかしら……

普段おしゃれとは無縁なせいか、どうも落ち着かない。その気持ちをぐっと抑えつつ道を渡ろうとすると、向かいから男性が駆け寄ってくる。

あ、良平さんだわ！

「椿！」

「杉原部長、お疲れ様です」

ぺこりと会釈をすると、目の前に来た良平さんが呆れた視線を向けてくる。

「就業時間後は恋人同士なんだから、名前で呼べよ」

だ、だって……。まだ会社の前だから……

「ごめんなさい、良平さん」

でも言い返すのも違う気がして、素直に彼の名前を呼ぶ。すると、彼は満足げに私の頭を撫でた。

「ん、いい子だ」

良平さん……

とくんと鼓動を刻む胸元を押さえながら彼を見つめると、彼は私を上から下までジッと見つめた。その視線が落ち着かなくて、俯きモジモジとスカートを掴む。

「つーか、今日の椿可愛いな。いや、いつも可愛いんだが、より一層可愛い。もしかして、俺とのデートのためにめかし込んでくれたのか？」

少し赤らむ頬を隠すように片手で口元を覆いながら、「うわー、ヤバい」と上擦った声を出す彼に、さっきよりも大きく胸が跳ねた。

気に入ってくれたのかしら？

頬を赤らめながら、彼をおずおずと見つめる。

「は、はい。狭山さんがメイクとヘアセットをしてくれたんです……」

なんでも女性らしいハーフアップとゆるふわは相性がバツグンらしく、彼女は「彼氏さんも普段とのギャップにドキドキすること間違いなしですよ」とか言っていた。だから髪型に合わせて、色みが気に入っている水色のボウタイブラウスと、トップスと同じトーンの花柄のロングスカートに着替えたのだ。可愛くちょうちょ結びにしてもらったブラウスのリボンの先端を触りながら、もじもじと照れ笑いをする。

狭山さんはバッチリと言ってくれたけれど、良平さんはどうかしら？　今、可愛いと言ってくれたということは気に入ってくれたってこと？

不安げに見つめると、彼は嬉しそうに笑った。

「狭山さん、よく分かってるな。椿のよさがすごく引き出されている」

その無邪気な笑顔と嬉しそうな声に、私もパァッと心が明るくなって、はにかむように笑う。

よかった……。狭山さん、ありがとう。

「本当に綺麗だ。黒真珠のような艶のある美しい髪に、ゆるいウェーブがプラスされると感動ものだな。それにメイクのせいか、いつもより透明感があって凛と輝く瞳がとてもよく引き立っているよ」

「え？　良平さん？」

彼は熱のこもった瞳で私を見つめながら、私の毛先に指を絡ませる。そしてそのまま、絡ませた髪にちゅっとキスを落とした。

「君は本当に尤物《ゆうぶつ》だな。大好きだ」

ゆ、尤物《ゆうぶつ》って……すごい美しいってこと……？　さ、さすがにそれは言いすぎなんじゃないかしら……

というより褒められすぎて恥ずかしい。私は火照った頬を両手で押さえながら抗議した。

「言いすぎです」

「言いすぎなもんか。椿は美しさと可愛らしさを兼ね備えている。以前から可愛らしい子だなとは思っていたが、一層強くそう思うよ」

そう言って私の手を握り指を絡ませる。そのまま私の目を見つめながら、その手を持ち上げて見せつけるように手の甲にキスをしてくる彼に、私の頭も心もパンク寸前だった。

「〜〜〜っ！　りょ、良平さん！　ここ、会社！　会社の前です！」

「ん？　俺は誰に見られても構わないが……」

なんでもないような顔をして、私の手を握ったまま本社ビル敷地内の駐車場に向かう彼に、私は真っ赤になった顔を上げられなかった。

お付き合いを始めたことを隠すつもりはないが、堂々とイチャイチャできるかといえば別問題だと思う。

「あ、これ俺の車。ほら、乗って」

「は、はい」

やっと駐車場……

なんだかいつもより遠く感じたのは恥ずかしさのせいだろうか。

ふぅと小さく息をつき、駐車場に着いた安堵から胸を撫で下ろす。

「ありがとうございます」

彼が助手席側のドアを開けてくれたので、お礼を言って乗り込むと、彼は私の額にキスをしてから車のドアを閉めた。

「なぁ、椿。今日は俺の部屋に行って仕切り直さないか？　手料理をご馳走するよ」

彼は鼻歌混じりにそんなことを言いながら楽しそうに車に乗り込む。どうやら今のキスで動揺しているのは私だけみたいだ。

「俺、こう見えて結構料理するんだよ。もしよかったら食べに来ないか？」

「え？　良平さんの手料理？」

「この前だって、本当なら風呂入ったあとに振る舞うつもりだったんだ。だから、俺としては仕切り直したいんだが、どうだ？　椿が嫌でなければ家に来ないか？」

良平さんの手料理、めちゃくちゃ食べたい！

「ぜひ！　ぜひ、食べたいです！」

少し拗ねたように言う彼にこくこくと頷くと、良平さんが嬉しそうに笑って私の手を握る。

「じゃあ、決まりな」

「はい！」

嬉しい……！

こんなにも幸せでいいんだろうかと思いながら、私は運転している彼の横顔をふわふわした心持ちで見つめた。

＊＊＊

「どうぞ」

「ありがとうございます」

彼のマンションに着き、玄関のドアを開けてくれる彼に頭を下げながら、おそるおそる一歩足を踏み入れる。

「お邪魔します」

この前は必死で逃げ出した場所に、次は望んで足を踏み入れるって少し変な感じ……

落ち着かない胸を抑えながらキョロキョロと視線を動かすと、玄関からリビングへ伸びる廊下の途中にある寝室のドアが目に入って、心臓がどきりと跳ねた。

あ、私……。あの日、あの部屋から逃げたのよね……

寝室のドアを見た瞬間、あの時の申し訳ない気持ちが怒涛のように押し寄せてきて動けなくなってしまう。

「椿」

私を呼ぶ声が聞こえたのと同時に、寝室のドアを見つめている私を閉じ込めるように壁にトンッと良平さんの手が置かれた。すぐ間近に彼の体温を感じて顔を上げる。

「良平さん……？」

戸惑いがちに少し振り向いて彼の顔を見上げると、彼の唇がそっと耳に触れた。

「そこはあとでな。それとも、食事の前にデザートが欲しいのか？　椿はいやらしいな」

色を含む声音に、彼が言わんとしていることが分かって、みるみるうちに顔に熱が集まってくる。

デザート、デザートって……

顔を真っ赤にしたまま、口をパクパクさせると、彼はプッと噴き出して「冗談だ、冗談」と私の頭をポンポンと軽く叩いた。

「揶揄《からか》うなんてひどいです」

「そうか？　椿が可愛い顔で寝室を見つめているのが悪いんだろ」

「わ、私は、ただ……一昨日のことを悪かったなと考えていただけで……」

真っ赤な顔で言い訳をすると、彼はくつくつと笑って、「はいはい」とリビングへ入っていく。

うう……

彼をじっとりとした目で睨《にら》みながらついていくと、彼は私にリビングのソファーに座るように促してから、リビングダイニングと続きになっているキッチンに入っていった。

「コーヒーと紅茶があるんだが、椿はどっちが好きだ？」

「あ、どちらでも。良平さんと同じのでいいです」

「そうじゃなくて、ちゃんと教えてくれ。椿の好きなものをこれから知っていきたいんだ」

「え？　はい……どちらも好きですが、紅茶のほうが好きです」

私の返事に彼は嬉しそうに笑う。その笑顔を見て、胸の奥がじんわりと熱を持ち、むず痒く感じて私はそっと胸元を押さえた。

なんだかくすぐったい……

私のことを知ろうとしてくれる彼の想いや気遣いは嬉しいけれど、少しそわそわしてしまう。

でも、こういうことの積み重ねが付き合うということなのかしら……？　本当に彼と恋人になれたんだなぁと実感して、私は熱くなった頬を両手で押さえた。

「はい、どうぞ」

「ありがとうございます」

良平さんが紅茶をローテーブルに置いてくれる。砂糖とミルクも一緒にあったので、その気遣いにお礼を言おうとした瞬間、キスをされた。

「えっ？」

「椿は可愛いな」

突然重なった彼の唇に驚いている私を見て楽しそうに笑いながら、彼はまた私の唇に自分の唇を重ねた。そして、唇の合わせ目を舌先でなぞられる。その動きに応えるように薄く唇を開けば、彼の舌が入り込んできて、反射的に目を瞑《つぶ》った。

「んっ……ふ、っぅ」

後頭部に手を添えられ、舌を絡めて強く吸われると、体の熱が一気に上がった。

強く求めるようなキスなのに、どこか甘みを帯びていて、その甘みが頭の中にじんわりと広がって思考能力を奪っていく……

「……っぁ」

「可愛い。この前も思ったけど、椿ってキスするとすぐにとろけた顔になって、たまらないんだよな」

唇を少し離して囁かれると、吐息が唇を掠める。その熱い息に、下腹部がズクリと疼《うず》いたような気がして、私は羞恥心から逃れるように彼の胸に顔をうずめた。すると、彼はまた「可愛い」と言って笑う。そして次は頭上にキスが落ちてきた。

「いい子で待ってろ。すぐ作るから」

「は、はい……」

私の頭を撫でる手は優しいのに、「待ってろ」と言う声が掠れていて、妙に色っぽい。そのせいか、彼の目が見られなくて、彼の胸にうずめたまま小さく頷いた。

彼はそんな私をふっと笑って、スーツのジャケットを脱ぎ革張りのソファーの背もたれにかけた。そして、もう一度頭を撫でてから立ち上がる。

良平さん……

彼の体温が離れていくのを感じて、ゆっくりと顔を上げると、彼は胸元を寛げながら鼻歌混じりにキッチンに入っていくところだった。

その姿を確認して、大きく息を吐いてから、鼻からゆっくりと肺いっぱいに息を吸い込み、ソファーに体を沈める。

「……ふぅ」

深呼吸をして少し冷静になると、リビングを見る余裕が生まれてきて、私は部屋の中をぐるりと見回した。

広くて、彼のセンスのよさが窺《うかが》える落ち着いた空間に思わず賛辞の言葉が漏れる。

「とても居心地がよさそうな素敵なリビングですね」

専門書や論文が床に平積みになっている私の部屋とは大違いだわ。

壁についている大きなテレビとそれに合わせた壁面のテレビボード。落ち着いた木のぬくもりが感じられるローテーブル。そのすべてがシンプルな装いの中にラグジュアリーな機能美を兼ね備えていて、とても心地よい贅沢な空間を作り出していた。シックでキラキラしていて、まるで雑誌で紹介されているインテリアデザインをそのまま切り取ったかのように美しく整えられている。

「良平さん。とても綺麗にされているんですね。私、一人暮らしの男性の部屋はもう少し散らかっているものだと思っていました」

声をかけた時、本棚に立てられた化粧品の成分辞典や成分検定のテキストが目に入った。そして次にデザイン性と耐久性に優れたクオーツストーンのダイニングテーブルに視線を移す。

あのテーブルで食事をしたり、勉強をしたりしているのかしら？

帰宅後、家で過ごしている彼を想像するだけで、少しドキドキした。

「ん？　そうか？　俺も椿までとはいかないが、仕事中心の生活だからな。寝に帰るだけの家だと、そんなに散らからないもんだ」

「いえ、そんなことないですよ。私の部屋なんて、この素晴らしい部屋と比べると倉庫のようなものですから」

私の言葉を聞いた良平さんがプハッと噴き出す。

「倉庫ってなんだよ、倉庫って……っく、ふっ、ふはっ」

「そ、そんなに笑わないでください」

倉庫は言いすぎだったかもしれない。でもよく言って資料室かしら？

自宅の部屋はお手伝いの生嶋さんが定期的に片づけてくれるからまだマシなのだが、研究所の上の部屋は本当にひどい。本棚に入りきらない本や論文で足の踏み場もない。とてもじゃないが女性らしい部屋とは無縁だ。

「じゃあ、いつかはその倉庫みたいな部屋、見せてくれよな」

「……その時までには、ちゃんと片づけておきます」

きまりが悪そうな表情でそう答えると、彼は「残念」と笑う。

いや、本当に。見せられたものではないので、あとでちゃんと片づけたいと思う。目指せ、女性らしい部屋だ！　私は心の中でそう決意した。

「まあでも、この部屋を気に入ってくれたんなら嬉しいよ。これからはここでたくさん一緒に過ごそうな」

「は、はい……」

これから、ここでたくさん……

さりげなく二人のこれからを意識させる言葉が彼から飛び出して、心臓が跳ねた。

なんだか胸の奥がほんのりと温かい。当たり前のように一緒に過ごす未来を思い描いてもらえて、照れくさいけれど嬉しい。

彼は頬を赤らめ俯く私を見て目を細めて笑う。そして食事の支度を再開した。

素敵……

その姿がとてもかっこよくて、思わず目が奪われる。

ああ。私、良平さんのことすごく好きかも……

一度想いを受け止めてもらえると、もう止まらない。私は胸元を押さえながら、料理をしている彼の姿を見つめた。

「良平さん、何か手伝えることはありますか？」

と言っても、私は料理ができないので、食器を出すとか、そういう簡単なお手伝いしかできないのだけれど……

ソファーから腰を浮かし、そう問いかけると、良平さんは動かしている手は止めずに顔だけを上げた。

「うーん。手伝いは別にいいんだけど、お願いならあるかな」

「はい！　なんですか？　なんでも言ってください」

「一緒に風呂に入ってほしい」

「え……？」

お風呂……？　一緒にお風呂……？

私は意気揚々とソファーから立ち上がったまま、予測のしていなかった言葉に一瞬理解が追いつかなかった。硬直している私を見た彼が困ったように笑う。

「ほら。この前、一緒に入れなかっただろ？　だから、入りたいなって。ダメか？」

「えっと……」

どうしよう。でもここは変に誤魔化すよりは素直に自分の気持ちを言ったほうがいいのかしら？

そう思った私は小さく頭を下げた。

「ごめんなさい。嫌とかダメとかそういうのではないのですが、恋愛初心者の私には『一緒にお風呂』は難易度が高いのでできないです」

「嫌とかダメとかじゃないなら大丈夫だな。よかったよかった」

「え……？」

どういうこと？

彼の言葉に首を傾げている私を無視して、彼は鼻歌混じりにこう言った。

「慣れていないのなら慣れればいいだけだよな」

ええっ⁉

その楽しそうな表情から有無を言わさない圧を感じたのは気のせい、じゃないかもしれない……

＊＊＊

「とても美味しかったです。ごちそうさまでした」

「口に合ったか？」

「はい。美味しすぎて、ついつい食べすぎちゃいました。もうお腹いっぱい……」

ダイニングチェアに座り、いっぱいになったお腹をさすりながら微笑むと、先に食べ終わっていた良平さんが食後の紅茶を淹れてくれる。

「それはよかった。椿のように美味しそうに食べてくれると作り甲斐があるよ」

「だって、本当に美味しいから……。あ、紅茶ありがとうございます」

私の頭を撫でテーブルにマグカップを置いてくれる彼にお礼を言って、一口分こくりと飲む。豆乳たっぷりのまろやかな味わいが、胸の深いところにまでじんわりと広がっていき、私はホッと息をついた。

彼が作ってくれたのは、こっくりとした味が特徴的なバターナッツスクワッシュの濃厚なソースが絡んだラビオリと、私が好きな鯛を使ったカルパッチョだった。どれもすごく美味しくて、ついつい食べすぎてしまったのだ。

「私、初めてラビオリを食べたんですが、すごく美味しかったです。可愛い形のパスタで、大好きになりました」

紅茶を飲みながらそう言うと、彼はそんな私を見て優しげに目を細めた。

まるで愛おしいものを見るような視線にどうしたらいいか分からなくなって、思わず目を伏せる。

「椿？　どうした？」

あっ、私ったら……

突然目を逸らされたら変に思うに決まっている。慌てて顔を上げて、誤魔化すように笑った。

「いえ、はしゃぎすぎたかなって……」

「素直に喜んでもらえて、俺も嬉しい。だから、そんなこと気にするな」

そう言って、良平さんが手を伸ばして私の頬に触れた。そして、その手が唇へと滑る。

「……っ」

私を見つめる目も触れる手も、なぜか熱い。

どうしよう。こういう時って、どんな反応をしたらいいの？

経験がないから分からない。困り顔で彼を見つめると、くしゃっと髪を撫でられた。

「そういえば今日は泊まっていけるんだろ？」

「え……？」

泊まる……？

無理だと言いたかったが、乞うような目をする彼に、即答できなかった。

自宅には、昼頃に『今日も研究所に泊まる』と伝えてあるので、私が今日帰らなくても問題はない。が、泊まる準備を何もしていないので物理的にも精神的にも難しい。

それにあの日はお酒が入っていたから、あのような行動を取れたのだ。今のシラフの状況では、どうしても恥ずかしさが先に立ってしまう。

「……そうか。ダメなのか。まあ急だもんな」

良平さんは私が一向に返事をしないものだから無理だと思ったのだろう。しょんぼりと肩を落とした。その彼の悲しそうな表情を見た瞬間、恥ずかしさや戸惑いが霧散して、気がつくと首を横に振っていた。

「ダ、ダメじゃないです！」

「ということは、泊まっていってくれるのか？」

「は、はい」

「それはよかった。じゃあ、そろそろ風呂に入ろう。紅茶を淹れる前に湯を出してきたから、ちょうどいい頃合いだと思うんだ。椿、湯が張れているか、ちょっと見てきてくれないか？」

「えっと……」

先ほどまでの悲しそうな表情は消え失せ、ニコニコととてもいい表情をしている彼に、私は目を瞬かせた。

あれ？　私、まさかハメられた？

彼の変わり身の早さに戸惑っていると、彼が急かす。

「ほら、早く見てきてくれ」

「はい。でもあの、良平さん。私……」

「どうした？　見てきてくれないのか？」

「あ……。いえ、見てきます」

どう言っていいか分からず、とりあえず私はバスルームへ向かった。

私をハメましたか？　なんて聞けない……

彼のあの笑顔は私が泊まることへの嬉しさからくるものだ。だからきっと、私が泊まるって言ったから、悲しさがどこかに飛んでいったのよ。

そうよね。誘導的に「泊まる」と言わされたなんて考えすぎよ。もう私ったら変なこと考えちゃった。

苦笑いしながら、バスルームを覗いた。そこには二人くらいは余裕で入れそうな広さのバスタブと大きな窓があった。

「わぁ！　夜景がとても綺麗」

「いいだろ、その窓。風呂に入りながら景色を楽しむことができて気に入ってるんだ」

「きゃっ！」

窓外の景色に見入っていると、突然後ろから抱きつかれて飛び上がった。

な、なぜ、いるの？

見てきてって言っていたのに……。それに、突然抱きつくから心臓が止まりそうなくらいびっくりした。

私はドキドキとうるさい胸元を押さえながら、彼に抗議の視線を送る。

「椿は恥ずかしがりやだろうから、念のために言っておく。この窓は特殊なガラスだから外からは見えない。安心していいぞ」

違う、違います。

そんなことを心配しているわけじゃなくて……。突然現れたから驚いたんです。

彼は私の抗議の視線を、大きな窓のせいで外から見えたらどうしようという不安な視線と勘違いしたらしい。

「違います。突然良平さんが現れたから、驚いただけです。窓のことは心配していません」

振り返りながら、困った顔で小さく首を横に振ると、彼は楽しそうに笑った。その笑みはなぜか挑発的だ。

良平さん……？

「なら、大丈夫だな。じゃあ、一緒に入ろうか？」

彼は私の腰に手をまわし耳元で囁いた。鼓膜を揺らす低い声音に背筋がぞくぞくして身を捩《よじ》る。

なら大丈夫って、何が大丈夫なの？

「やっぱり恥ずかしいのでお風呂は一人で入りたいです」

「それは椿が慣れていないだけだろ。なら、一緒に慣れていけばいいだけだ。逃げていたらいつまで経っても恥ずかしいままだぞ」

「で、でも……」

「それとも椿は俺と入るのは嫌か？　本当は耐えがたいのに我慢して言えないのか？」

「そんなことはありません！」

目を伏せて悲しそうに、耳を疑うことを言い出した良平さんにギョッとする。

耐えがたいなんて、そんなことあるわけない。私は思いっきり首を横に振った。

「じゃあ、俺と入っても問題ないよな？」

「はい！　もちろんです！」

あ……

良平さんの問いかけに勢いよく頷いてしまい、慌てて口を手で覆った。

わ、私……今。今、なんて言った？

失敗したという顔で彼を見上げると、したり顔の彼と目が合う。その表情を見た時、自分がハメられたのだと悟った。

やっぱり先ほどから良平さんは私が『Ｎｏ』と言えないように誘導しているんだわ。

「椿」

彼は項垂《うなだ》れている私の名前を呼び、私の手を掴んで彼の胸に置く。そして色気たっぷりに目を細めた。

「良平さん？」

行動の真意をはかりかねて彼の顔を訝しげに見つめると、彼は少し身を屈め私の耳元で「脱がせろよ。一緒に入りたいんだろ？」と囁く。

「ははっ、冗談だ、冗談。そんな顔するなよ。本当に椿は可愛いな」

動揺して後ろに飛び退いた私を見て、彼はくつくつと笑う。

「も、もう！　バカにしないでください」

「バカになんてしてねぇよ。本当に可愛いなと思っているだけだ」

彼は私の額にキスを落として、私のボウタイブラウスのリボンをしゅるりと解いた。

「あ、良平さん。ダメです」

「ダメなのは椿のほうだろ。風呂に入るんだから服を脱ぐのは当たり前のことだ。いい子だから脱ごうな」

諭すようにそう言われて、ゆっくりとボタンが外されていく。そのゆったりとした動きが、さらに羞恥心を煽る気がして、私はぎゅっと目を瞑《つぶ》った。

どうしよう。恥ずかしい……

泣きそうと思った瞬間、彼の手がパッと離れた。

え……？

おそるおそる目を開けると、彼は仕方がないなという顔で笑っていた。そして、宥《なだ》めるように私の背中をさすってくれる。

「悪かった。さすがに難易度が高すぎたよな。じゃあ、後ろを向いていてやるから残りは自分で脱げよ。タオル使って体隠してもいいから。それならできるだろ？」

「は、はい！」

それなら私でも大丈夫そう……

彼の譲歩に頷くと、良平さんは私に背を向けた。私はそそくさとブラウスを脱ぎ、スカートを脱ぎ落とす。

下着を脱ぐ時に一瞬戸惑ったが、後ろを向いてもらっている彼を待たせるのも悪いと思い、目を瞑《つぶ》って勢いよく外し、バスタオルで体を隠した。

その間、彼は約束どおり振り返らずに背を向けてくれている。

「あ、あの……良平さん。脱げました」

「分かった。なら、先に入っていてくれ。俺はさっき飲んでいた紅茶のマグカップを片づけたら、すぐ入るから。体を洗って待っていてくれ」

「は、はい……」

彼は私ににごり湯タイプの入浴剤を渡した。

「これ入れたらにごり湯になるから見えないぞ。それなら恥ずかしくないだろ？　椿が髪と体を洗い終えて、湯に浸かるまで待ってやるから……。だから、さっきみたいに泣きそうな顔をしないでくれ」

良平さん……

彼は私を一度力強く抱き締めてからキッチンへ戻っていった。

時折、意地悪な面も垣間見えるが根本的に彼は優しい。その優しさに胸が熱くなって、渡された入浴剤を見て、ふにゃっと笑った。

良平さん、私頑張りますね……！

「さあ、早く洗わなきゃ」

良平さんが脱衣所から出ていったのを確認した私は、バスタオルを巻いたままバスルームへ入った。そして、ぐるりと中を見回す。

さっきも思ったけれど、とてもステキなお風呂……

「あら、これ……」

その時、浴室用リモコンが目に入った。もちろんそこには湯張りボタンもある。

これってあれよね？　お湯が張れるとメロディとかが鳴って教えてくれるやつよね？

「わざわざお湯が張れているか確認しに行く必要なんてなかったじゃない」

そう独り言ちて、バスルームの外に訝しげな視線を向ける。

やっぱり全部わざとなのよ。私が恥ずかしがってお風呂に入らないと駄々を捏ねる前に、バスルームへ誘導したのだわ。

ここで頷かせることができれば、そのまま入浴に持ち込めるもの……

彼の行動の意図を理解すると、急速に顔に熱が集まってくる。私は自分の赤くなった頬を両手で押さえながら、ううっと唸った。

わ、私だって、本当はイチャイチャできたらいいと思ってはいるのよ。でも頭で考えていても心が追いついてくれなくて、すぐ動揺しちゃうのよね。

「はぁ……」

お酒の力を借りなくても、良平さんと恋人らしいことをしたいな……。いつか二人でお風呂に入ることも日常にできたらいいのに……

私は溜息をつき、バスタオルを体から外しタオル掛けにかけ、先ほどもらった入浴剤をお湯の中に入れた。ゆっくりとお湯に溶け込んで乳白色に染まるさまを暫《しば》し見つめる。

＊＊＊

「……ふぅ」

髪と体を洗い終え、小さく息をつく。そして、ドアをジッと見つめた。

彼は頃合いを見てから来ると言ったが、きっと待ってくれているに違いない。

あまり待たせるのはよくないわよね。洗い終えましたって言って呼ぼうかしら……

勇気を出して彼を呼ぶために、バスチェアから立ち上がる。

「え？　きゃっ、きゃあっ……！」

その瞬間、流しそこねた石鹸があったのかつるりと滑ってしまった。体勢を立て直す間もなく盛大に転び、激しい音がバスルーム内に響き渡る。

「いったぁ」

もうやだ、私ったらなんてドジを……。バカみたい。

腰をさすりながら立ち上がろうとした時、勢いよくバスルームのドアが開いた。

「椿！　すごい音がしたけど大丈夫か？」

「きゃあぁぁっ!!」

突然入ってきた良平さんに驚き、悲鳴が飛び出す。慌てて腕で胸を覆い脚を寄せて体を隠す。が、彼は服が濡れることも厭《いと》わず、床に膝をついて私の体に怪我がないかを確認した。そのとても焦った表情に胸が痛くなる。

「本当か?」

いやだ、私ったら……。とても心配してくれているのに悲鳴なんて上げて……

「ごめんなさい、良平さん。不注意で滑ってしまったんです……。怪我はありませんから……」

「はい、大丈夫です。それより、良平さんもお風呂に入ってください。温まらないと風邪をひいてしまいます。……私のせいで濡れてしまってごめんなさい」

先ほど転ぶ時に掴んだバスタオルで濡れてしまった彼を拭こうと思ったが、そのバスタオルも濡れてしまっていたので、慌てて引っ込めた。

「ああ、そうだな」

私の言葉に躊躇《ちゅうちょ》なく着ているシャツを脱ぎはじめた良平さんに、私は両手で顔を覆った。それを見た彼がクスッと笑う。

「早く湯船に入れ。いつまでもそんなところに座り込んでいると風邪をひくぞ」

「は、はい……」

「恥ずかしいなら、そのバスタオルを巻いていていいから」

「ありがとうございます」

私は彼の気遣いに小さく頷いて、バスタオルを体に巻きつけ、お湯の中に入った。

良平さんは私がちゃんと湯船に入ったことを確認してから残りの服も脱ぎ、お湯を出して髪と体を洗いはじめた。その姿を視線を動かしてチラチラと盗み見る。

筋肉が程よくついていて逞しい。

私……この前、この体に抱かれたのよね。そしてきっと今日も……

そこまで考えて、顔にボッと火がついた。

私のバカ……一体何を考えているのよ。

邪念を振り払うためにお湯に顔を浸けると、洗い終えた彼が「椿?」と声をかけながら、お湯の中に入ってくる。

「ぷはっ」

良平さんがお湯に入ってくる気配を感じて顔を上げると、彼は不思議そうに私のことを見つめていた。

「何をしているんだ?」

「ご、ごめんなさい……。ちょっと自分の中の邪念と戦うために……」

「は?」

エヘへと笑うと、彼は訝しげに目を細めたあと、「まあいいか」と呟いて、私を背後から抱き締めた。そしてリラックスした息を吐く。

「ちょうどいい温度だな」

「はい。とても気持ちがいいです……」

振り返りながら答えると、彼と目が合う。彼の熱のこもった目にドキッとして、慌てて顔の向きを戻そうとした途端、顎を掴まれた。

「逃げるなよ」

「そういうわけじゃ……。ただやっぱり恥ずかしくて……っ、んんぅ」

そのまま唇を奪われてしまう。

突然のキスに驚き、大きく目を見開いてしまったが、彼の強すぎる視線に耐えきれずにすぐ目を閉じた。それを合図とばかりに、口の中に彼の舌が入り込んでくる。

彼は私の後頭部に手をまわして逃げられないように固定し、上顎をぐるりと舐めた。彼の舌が口内を這い回り、奥にある私の舌を捕まえて吸った。

「つぅん」

とても気持ちのいいキスだ。

彼とのキスに思考が鈍ってきた頃、くちゅっという水音と共に、唇が離れていく。

「椿、少し荒療治《あらりょうじ》をしようか?」

「へ……?」

キスでとろんとしていた私が気の抜けた声を出すと、彼は私の腰を掴んでくるりと体を反転させ、膝の上にのせた。何が起きているのか理解するより早く、私から体を隠しているバスタオルを奪い取り、胸の先端をパクッと咥える。

「やっ！」

逃げようと身動《みじろ》いだのと同時に歯を立てられて、甘い痛みに思わず体が仰け反る。

「やっ……待って、待ってくださっ、ああっ」

良平さんは私の制止を無視して、先端に舌を這わし、ちゅうちゅうと吸いつく。反対の乳房も揉みながら、私のことを見上げてきた。その強すぎる視線と淫靡《いんび》に動く彼の手が恥ずかしくてたまらないのに、湯船の中では動きが制限されてしまうせいか、逃げられない。為すがままだ。

「あ……ぁあっ、もぅ……」

ダメと言おうとすると、彼の手が胸から移動して私の太ももをなぞる。その手に体が大きく跳ねると、彼は私の胸にしゃぶりついたまま、クスッと笑った。そして太ももをゆるくなぞりながら、脚の間に手を伸ばす。

「やだ、待っ」

「もうヌルヌルじゃないか」

彼は胸から口を離して、花弁を割り開きながら笑う。蜜口は明らかにお湯とは違うとろみを帯びていた。

私、いつのまにこんなに濡れて……。恥ずかしい……！

かぁっと顔を真っ赤にして視線を逸らすと、彼はひくついている蜜口を指でなぞった。

「ああっ……やっ、良平さん……っ、そこダメですっ」

「いつから、こんなに濡らしていたんだ？」

「っ！」

耳元で暴くような質問を投げかけられ、体がビクッと強張る。答えられずに俯くと、彼は蠱惑《こわく》的に笑って指を一本、蜜口に差し込んできた。

「ひあっ」

「椿が答えられないなら俺が教えてやろうか？」

ゆるやかな動きで中をかき回しながら、耳朶《じだ》を食《は》む。

「あっ、ぁあ……っ、待っ……んぅ」

バスルーム内に、私の甘い声と彼が手を動かす度にちゃぷちゃぷという水音が響く。私はもうパニックだった。

教えるって……教えるって何を？

「ぅ……んぅ、やだぁっ」

いやいやと首を横に振る。もう泣きそうだ。

「椿は食後、俺に風呂を誘われた時から、ここを濡らしていたんだろう？」

え……？

彼の言葉に瞠目《どうもく》する。が、慌てて首を横に振って否定した。

「ち、違っ、違います」

「違わねぇだろ」

た、確かに、一緒にお風呂に入ろうと言われて恥ずかしさと同時に——自分がどうなってしまうのだろうと考えなかったといえば嘘になる。でも、でも、だからってそんな時から濡らしてなんていない、はずだ。

彼の暴くような言葉に、唇をきゅっと引き結んだ。すると、彼は浅く出し挿れしていた指を引き抜く。

「ほら、椿。立てよ」

「え……？　何？」

困惑していると彼が立ち上がり、私の手を引いて立たせ窓に手をつかせた。

「良平さん？」

彼の意図が分からずに、窓に手をつかされたまま、戸惑いの表情で良平さんを見つめる。彼は私の顎を掴み窓のほうに顔を向けた。

「ほら、ちゃんと窓に映る自分の表情を見ていろ。これから俺に何をされて、自分がどうなるかをつぶさに見ておけ」

え……？

私が驚愕して目を見開くと、彼は嗜虐《しぎゃく》的に笑った。

「恥ずかしい、恥ずかしいと言いながら、ここを濡らしてしまう椿には、ちょうどいい遊びだと思わないか？」

ちょ、ちょうどいいって……何が？

そう聞き返したかったのに、実際は口がパクパクと無意味に動いただけで声にはならなかった。

彼に言われたとおりに窓を見ると、そこには感じきった女の顔をした自分と、私を求める獣のような目をした良平さんが映っていた。

その光景にどうしたらよいか分からず、慌てて目を伏せると、咎めるように耳朶《じだ》に甘く歯を立てられた。

「あっ、ぁんっ……」

「椿、ちゃんと見ていろ」

「む、無理ですっ……恥ずかしい、ものっ、ああっ」

彼の舌が耳の中に入ってきて生き物のようにうごめく。鼓膜を揺らす卑猥な水音に、まるで頭の中までも犯されているようで、私は窓に手をついたままその身を震わせた。

やだ……。力が入らない……

「りょ、良平さん……も、立てない、です」

「ダメだ。窓に手をついて、しっかり立っていろ。俺に触れられると、自分がどんな顔をするのか、ちゃんと見ておけ」

彼の言葉で全身が縛られているように感じて、身震いした。この震えは彼に望まれることへの歓喜の震えなのか、これからされることへの期待の震えなのか——どっちなのだろう。

良平さん、私……。気持ちよさと恥ずかしさで胸が張り裂けそうです……

お湯の温度よりも著しく上がった体温に、私は自分の体をぎゅっと抱き締めた。

「しっかり手をついて立っていろ」

彼はそう言って、私の足元に膝をつくように座る。行動の意図を理解した時には彼の顔が恥ずかしいところのすぐ近くにあって、慌てて彼の頭をぐいぐいと押した。

「ななな何しててっ、やだっ、やめてくださっ、立って……ひあっ！」

やだやだ、退いて。そんなところ、洗ったからって見せられない！

だが、私の懇願は、彼が太ももの内側に吸いついたことで呑み込まれてしまった。

「やっ……ああっ」

逃げたくてもそれを許してもらえない。

彼は逃げられないように私の脚をしっかりと掴んだまま、左右に広げる。そして、露わになった花弁へと舌を伸ばした。

「はぅっ」

つい引けてしまう腰を押さえ、大きく口を開いて動かしてあふれてくる愛液をじゅるっと啜《すす》る。

まるで食べられているみたいな感覚に、私は押しのけようとしていた手で彼の頭にしがみつき、がくがくと脚を震わせた。

「ひぅ……ぁあっ、やぁ」

何これ、気持ちいい……！

「椿のここは甘いな」

ニッと彼の口が弧を描く。彼の舌が、花弁の上でひっそりと息づく花芽に這う。そのぬめりを帯びた熱い感覚に小さく声を漏らすと、さらにねっとりと舌が絡みついた。

っ……これダメ……。気持ちよすぎて立っていられない……

私は羞恥の中に確かにある快感に翻弄されながら、ぎゅっと目を瞑《つぶ》り必死に耐えようとした。が、とても我慢なんてできなかった。

「ひっ……ああっ、りょうへいさ……んっ、もぉ無理っ」

彼は私の反応を楽しむように目を細め、柔らかな舌で包むように舐《ねぶ》る。その強すぎる刺激に体が大きく仰け反った。

こ、こんなの無理……！

湯船の中で恥ずかしいところを舐められているという事実が、視覚的にも感覚的にも大きな快感と興奮を生む。

バスルームの中でこんな不埒なことをしてはいけないという考えとは裏腹に、彼に触れられることを悦んでしまっている自分がいる。

「ふぁっ、あぁっ……は、っ……んんあっ」

彼の形のいい長い指が花芽の薄皮を剥き、尖らせた舌先が敏感なそこを嬲《なぶ》る。すると、私の感じきった声がバスルームに響いた。

あっ、もう我慢できない……。なんかくるっ、きちゃう！

とても立っていられなくて、私は崩れ落ちそうな脚を彼の頭に縋《すが》ることでなんとか耐えた。

「ひうっ、ぅああっ……だ、めぇ……イク、イッちゃ、ああ――っ!!」

もう無理だと思った瞬間、舌で花芽を押しつぶされた。その途端、目の奥が明滅を繰り返して、体が累積的な性的緊張から一気に解き放たれる。

目の前が真っ白に染まる感覚と、絶頂を感じて体から力が抜ける一種の浮遊感のようなものを覚えながら、私は崩れ落ちた。

「おっと」

良平さんはそんな私を抱き留め、ゆっくりと湯船の中に座らせる。私は胸を大きく上下させて、荒くなった呼吸を整えながら彼の胸に寄り掛かった。

もう無理……力が入らない……

「椿はいけない子だな。せっかくの可愛らしい表情を見ないなんて」

「無理……です。それどころじゃ、ありません」

はぁはぁと荒い息をしながら彼を睨《にら》むと、彼は私の耳元に唇を寄せた。

「感じてる時の椿、顔も体もとろけていて、肌が程よく朱色に染まって、すげぇ扇情的でキレイだったぞ」

彼の興奮していると分かる声音に体にボッと火がつく。あまりの恥ずかしさに身の置き所がなく感じて、私は隠れるように彼の胸に顔をうずめた。すると、優しく頭を撫でられる。

「椿。そろそろ出ようか？　このままじゃ、椿がのぼせてしまいそうだ」

誰のせいだと思っているんですか……という不満をこめた目で良平さんを睨《にら》むと、彼は悪びれもせずに笑って、私を抱き上げ湯船から出した。

そして脱衣所で丁寧に体を拭いてくれる。

すでにぐったりとしている私は為すがままだ。彼に抱えられてベッドまで運ばれている間も身を任せるしかない。

良平さん……

私を抱きかかえ、寝室へ向かう彼をチラッと盗み見る。

私の体の火照りは一向におさまらず、むしろ疼《うず》いていた。未だに乾かずに潤ってしまっていることが恥ずかしくて、彼の首元に顔をうずめる。

私、はしたない……。そう思うのに胸が高鳴って、次を期待している。それに彼の逞しい胸に抱かれていると、胸部の筋肉や腹直筋の厚みを感じてときめきが止まらない。

今から彼に抱かれる。今夜はお酒なんてなくて、意識がはっきりとした状態で彼に抱かれるのだ。

それを待ち望んでいる自分がいる。

彼は私をベッドにおろし、ゆっくりと覆いかぶさってくる。そして、寝室に行く途中でキッチンに寄って冷蔵庫から持ってきた水を一口含むと、口移しで私に飲ませた。

「ふ、っぅ」

こくんと飲み込むと、彼はいい子だと頭を撫でて、また口移しで水を飲ませてくれる。口内に舌が捩じ込まれ、口に含んだ水をすり合わされると、冷たいはずの水なのに私の体をどんどん熱くしていった。それを何度か繰り返して、ゆっくりと唇が離れる。

「つはぁ、はぁ……ありがとう、ございます……。良平さんも、飲んでください……」

はぁはぁと荒い呼吸を繰り返しながら彼の胸を押すと、彼は残りの水を一気に呷《あお》った。上下する喉がとても色っぽく感じて、ついつい見入ってしまう。

素敵……

「なんだよ？　椿のえっち」

「っ！　ち、違います」

彼の言葉に顔を真っ赤にして否定すると、彼が悪戯っぽく笑う。そして「可愛すぎだろ」と小さく呟いた。

「なんだそれ」

「それを言うなら、貴方はかっこよすぎます……」

クスクスと笑って、私の頬に手を伸ばす。そして、その手が徐々に意味を持った動きを始めた。頬から顎のラインをなぞり、唇に触れる。

「なぁ、椿。そろそろ、椿が欲しい」

ストレートに言葉にされて体温が一気に上がる。

前回は同情だと思っていた……。彼の心の中に自分がいるなんて想像すらしなかった。それが今はちゃんと彼の心に自分がいるのが分かる。好きだと言ってもらえて、こんなにも熱く求めてもらえている。

この前も夢のようだったけど、両想いで抱かれたらもっと幸せなのかしら……

「椿……」

「っ！」

掠れた声で名前を呼びながら、私の手をある場所へ誘導する。その先へと視線を移すと、息が止まりそうなくらい大きく心臓が跳ねた。

そこには綺麗な顔をした彼のモノとは思えないくらい、凶悪なものがあった。お臍《へそ》につきそうなくらい反り返っていて、はちきれそうなくらい漲っている。それを彼はゆるやかな手つきで私に握らせた。

え、うそ……。大きい……！

本当にこの前、私の中に挿入ったの？　これが？

あ、でも……すごく痛くて泣いちゃった気がするわ。でも結局はお酒の勢いと今を逃したら次はないという思いで頑張れたのよね。

何より彼がとても気遣ってくれて気持ちよくなれるように時間をかけてゆっくりしてくれたので、最後は痛みより気持ちよさが勝《まさ》っていたように思う。

私は前回のことを思い出しながら、彼のものをまじまじと見つめた。恥ずかしいのに、なぜか目が離せなかった。

彼は握ったまま硬直している私のバスタオルを取り払い、両方の胸の先端をきゅっと摘み上げる。

「はう、っ……！」

思わず握っていた手に力を込めてしまうと彼のものが動いた気がして、驚いて手を離す。

い、今、手の中でビクンと震えた……。熱くて硬かった……

感触が残る手のひらをジッと見つめる。

触られたのは胸のはずなのに、なぜか下腹部がズクリと疼《うず》いてしまう。私は恥ずかしくなってその手を握り込んだ。

「椿、こっちを見ろよ」

耳元で囁かれてゆっくりと視線を移すと、彼は私の手をすくい上げてちゅっとキスをした。彼の一挙一動に不整脈を起こしたみたいに心拍動が乱れて落ち着かない。

良平さん、好き……大好きです。

彼にもっと愛してもらいたい。愛したい。そんな想いを込めて、彼を見た。

「椿。君の初めてはもらったが、俺は欲張りなんだ。もっと欲しい。君のすべてを俺にくれよ」

「っ！」

心の中を見透かしたような彼の言葉にドクンと心臓が跳ねる。

……今までの彼への想いは、憧れと淡い恋心だった。でも、今は違う。彼に触れられ、女としての自分と内に眠る恋情を強く引き出され快感を教え込まれたこの体は、彼以外考えられないと言っている。

良平さんじゃないと、私はもうダメなの……

悠然と微笑みながら答えを待つ彼を陶酔しきった眼差しで見つめる。

「はい。良平さんに全部あげます。私のすべてを良平さんのものにしてください……」

「いい子だ」

ニヤリと笑った良平さんが、私の乳房をすくい上げる。彼の熱い吐息を感じてゾクゾクと身震いすると、噛みつくように彼が胸の先端に吸いついてきた。

「ああっ！」

突然与えられた刺激に体が大きく跳ねる。舌先で舐め転がされて甘く歯を立てられて、それだけでもすごく気持ちいいのに、彼はもう片方の乳房も揉みながら先端を指で転がしてきた。

「ひあっ……あぁっ、ひゃぁんっ」

やだっ、気持ちいい……！

彼の腕をぎゅっと掴む。彼の熱い舌と指が胸を這い回ると、愛液がとろりとあふれたのが分かって反射的に両脚を寄せた。彼はそんな私を見下ろして、蠱惑《こわく》的に笑う。

良平さんが私を見てる……

熱を孕《はら》んだ彼の視線に肌がじっとりと汗をかく。つい目を伏せてしまうと、彼は私の耳元で「可愛い」と囁き、耳朶《じだ》を食《は》んだ。そして、つーっと太ももの内側をなぞる。

「りょ、良平さん……ふぁ、ああっ」

戸惑いで一層脚を寄せて彼の手を挟み込んでしまった私の反応など予想の範疇とでもいうかのように、彼は楽しそうに笑った。私に触れる彼の手が気持ちよくてたまらない。

「椿、力抜いて」

優しく囁かれて、おずおずと力を抜き、挟んでいた彼の手を解放する。良平さんは「いい子だ」と言って、私の脚を左右に開きその間に陣取った。そして彼の眼前に露わになった私の秘めどころを指先で割り開くようになぞる。

その瞬間、くちゅっと湿った音が聞こえて、ぎゅっと目を瞑《つぶ》った。

恥ずかしい……！

「ああ、まだ濡れているな」

「あぅ、やっ……ぁっ」

「風呂場からずっと濡らしていたのか？」

分かっているくせに意地悪な声音で訊《たず》ねてくる彼に何も言えないでいると、「返事は？」と言いながら花芽をピンッと弾かれる。

「ひゃあっ！」

「どんどんあふれてくるな。もう奥までとろとろなんじゃないのか？　ほら、ちゃんと答えろよ」

喉の奥で軽快に笑い、あふれた蜜を指に纏わせ円を描くように花芽を捏ねる。

気持ちいいけど、彼の意地悪な質問に戸惑ってしまう。彼から顔を背けると彼の指先がひくつく蜜口に入ってきた。

「あんっ」

思わず彼の手を掴んで動きを制してしまうと、彼の目がすっと細まった。

良平さん……？

「誰が止めていいって言った？」

「っ!?」

叱られてビクッと体を竦《すく》ませると、彼は酷薄な笑みを浮かべて「椿」と名前を呼んだ。

「あ、ごめんなさい……。邪魔をするつもりじゃなかったんです。でも思わず手が……」

「椿は悪い子だな。俺の質問にも答えず、俺のすることを止める。これはお仕置きが必要か？」

「ごめんなさい……」

謝ると、彼の手が私の頬をなぞった。その手が優しくて、許しを得られたのだと思い揺れる目で彼を見つめる。

「良平さん」

「椿、いいか？　俺に全部くれるんだろ？　なら、椿の体にどう触れるか決めるのも、それをやめるのも俺次第だよな？」

「は、はい……あぁっ」

彼のSな一面を垣間見て息を呑む。彼は私の返事と同時に、花芽をぐにっと押し潰した。その大きな刺激にまた彼の手を掴んでしまいそうになったが、なんとかこらえる。

彼の目や声音から有無を言わせない圧のようなものを感じて、なぜか逆らえなかった。

「いい子だ」

頭を撫で、優しく私を褒める。先ほどとの違いにドキドキして、彼を縋《すが》るように見つめた。

良平さん、私……

「ひぅっ！」

その瞬間、彼が奥まで一気に指を捩じ込んだ。その刺激に甲高い声が漏れる。

「あっ、ああっ……ひぅ、ぅあっ」

たくさん濡れていたそこは容易く彼の指を呑み込んだ。彼は快感を揺り起こすように、ゆるく指を抜き差しし、内壁を擦り上げる。彼をきゅっと締めつけて、とても悦んでいるのが自分でも分かってしまった。

気持ちいい……

「は、っ……ふぁっ……んんっ」

「指、一本増やすぞ。辛かったら言え」

「は、はい、ああっ」

ぬぷっと指を増やされて、私は体を震わせた。ゆっくりと中を引き伸ばされているのが分かる。私の体は少しの圧迫感と甘い刺激を感じて、体の奥からとろとろと愛液をあふれさせ、彼の手を濡らした。

「痛くないか？」

「は、はい……大丈夫、ですっ、ぁ、っ、気持ちいっ……ふぁあっ」

「そりゃ、よかった。ゆっくり気持ちよくなろうな」

……良平さんは優しい。意地悪だったり有無を言わせなかったりするのに、そうやっていつもの優しさを見せられると、言い表せない熱が体の奥から湧き上がってくる。

もう絶対に逃げられない――と本能が訴えかけているのを悟って、私は彼の言葉に小さく頷いた。

彼は私の頭を撫で額にキスを落として、節くれだった指で中をかき混ぜる。その刺激に反射的に仰け反ってしまうと、彼は中に指を沈めたまま胸に舌を這わせ焦らすように乳暈《にゅううん》をまるくなぞった。

良平さん。そこ、もっと……

もっとはっきりした刺激が欲しくて無意識に上半身を捩《よじ》ってしまう。

「あ、ああっ……りょ、良平さん……はぅん、ぁっ」

「椿。欲しいものは欲しいとねだれ。そうすれば与えてやる」

「ふぁ、ああっ……ひっ、んんぅ」

欲しいもの……。私の欲しいものは……

「胸、焦らさないでっ……下と一緒に……いっぱいして、くださいっ」

彼の言葉を聞いた途端、恥ずかしさが飛んでいって、私は涙目で彼に懇願していた。彼は楽しげに笑って私の胸の先端に食いつき、舌を巻きつけ扱いてきた。下のほうでは私のいいところを的確に擦り上げてくる。

「は、はぁっ……ふっ、んぅ……ああっ、やぁ」

やだ、すごく気持ちいい……！　もう何も考えられない！

欲しかった刺激を与えられて、体が歓喜に震える。とても気持ちがよくて、私は目から涙をこぼしながら甘い声を上げ続けた。

「椿、可愛い。ほら、もっと乱れたところを俺に見せろ」

彼の艶を帯びた声に、目をぎゅっと瞑《つぶ》って頷く。

「こら。目を開けて、自分のされていることをよく見ろ」

そう命じながら、舌先で胸の先端を転がし絶妙な力加減で花芽を捏ねる。自ら望んだこととはいえ、絶えず両方に刺激を与え続けられて、私はもう限界だった。

「だめ、だめぇっ、イッちゃう！　イッちゃうの！」

「イけばいいだろ。見ていてやるから」

彼は胸に舌を這わせながらそう言い、敏感になってプルプルと震える花芽をぐにゅっと力強く捏ねる。

ぬるついた舌が胸の先端を這うのも、花芽を捏ねられながら中をかき混ぜられるのも、気持ちよすぎてわけが分からなかった。

ああ、もうダメ。我慢できない……！

「ひあぁぁっ!!」

目を大きく見開いて歓喜に満ちた声を上げる。体をびくびくと震わせながらベッドに体を沈めると、彼が力強く抱き締めてくれた。

「椿……」

「ひゃんっ」

突然、脚の間を彼の硬い屹立がヌルヌルと上下に動いて、私は力の入らない体を震わせた。

こ、これ、良平さんの……

「挿れるぞ。避妊具はつけてある。痛かったら言えよ」

「えっ？　待ってくださいっ、イッたばかりでっ、ああっ！」

彼は私の制止を無視して屹立に手を添え、蜜口にあてがった。その火傷しそうな熱い昂りに息を呑んだのと同時に、じゅぷっと耳を覆いたくなるくらい恥ずかしい水音を響かせて、彼のものが私の中に挿入ってくる。

やぁっ、待ってって言ったのに……！

隘路《あいろ》をこじ開ける凶悪な熱に、私は空気を求めてはくはくと息をした。

「ふぁああっ……」

とろとろにほぐされた蜜路は、私の戸惑いなんて無視をして彼の屹立を根元まで呑み込んだ。

「ひゃっ、あんっ……ああっ！」

すごい。奥まで隙間なくみっちり入ってる……！

つい先日まで処女だったと思えないほどに痛みは全くなく、少しの圧迫感とそれ以上の快感が私を包んだ。

「椿の中、熱くて……すげぇ、気持ちいい。奥まで一気に入ったぞ。分かるか？」

彼の上擦った声が鼓膜を揺らす。

出産の時に感覚が鋭敏であると痛みに耐えられないという理由で、膣内はやや鈍感にできていると何かの本で読んだことがある。だが、その説を覆すほどに私の中はとても鋭く彼の熱を感じ取っていた。

あの本は間違いだったのかしら？　だって軽く腰を揺すられるだけで、とても気持ちいいもの。

「椿」

「ひゃあっ！」

良平さんは私の名前を呼びながら頬を撫で、腰を大きくグラインドさせた。その彼の動きに私は背中を弓なりにしならせ、熱い昂りを強く締めつけた。

彼に与えられる熱が大きな快感を生んで、私の中をまた潤わせる。愛液が止めどなくあふれているのが、自分でも分かった。

「あっ、あっ……やあっ、待っ……こんなの、すぐイッちゃ」

やだ、すごく気持ちいい。

挿れられた刺激だけでイッてしまいそうなくらい気持ちよくて、私は身悶えながら甘い声を漏らした。

「椿の中、吸いついてくる。はぁ、たまらないな」

彼は熱い息を吐き、雁首が恥骨の下あたりに当たるように腰を揺する。

熱く反り返った彼の昂りが、私の中を限界まで押し開き、緩急をつけて内壁を擦り上げる。

とても気持ちよくて体中に電気が駆け巡り、思わず彼の腕に爪を立てた。

「あぁぁぁっ!!」

「はぁっ、可愛いな。椿、今日は奥も試してみような」

「えっ……？　――っ!!」

言葉の意味を訊《たず》ねようとした途端、彼の屹立がぎりぎりまで引き抜かれ、また奥まで一気に入ってきた。その強すぎる刺激に、一瞬息が止まる。

目がチカチカして、頭の中が真っ白に染まった。

「なんだ？　もうイッたのか？　開発する前から奥が弱いなんて、椿はいやらしいな。なら、もっとしてやる」

「ひっ、ぁう……ダメッ、待っ、ああっ！」

私の腰をがしっと掴み、最奥に鈴口を擦りつける。それを何度も繰り返されると、気持ちよすぎて苦しかった。

「ひあっ、あっ……やだ……イッてるのっ、イッたの……動かないでっ、やぁっ」

「違うだろ、椿。やだじゃなくて、もっとだ。椿の全部を俺の好きにしていいんだろ？」

彼は意地悪な笑みを浮かべて、奥深く挿れた状態でズンッと激しく打ちつける。私が声にならない嬌声を上げると、彼はさらに奥を穿った。

その荒々しい腰の動きに汗がびっしょりになって、何度も頭を左右に振り「待って」と訴えかける。

こんなの、こんなの変になる！

鈴口が最奥を穿つたびに大きな快感が押し寄せてくる。正直、もう何回イッたのかも分からない。

「ああ――っ！」

オーガズムの波に攫われても、弛緩する隙さえ与えてもらえない。

「はぁはぁっ、も、もぅダメ……」

私が泣き言を漏らすと、硬く聳《そそ》り勃った熱い昂りがずるりと引き抜かれた。

え、終わったの？

そう思った瞬間、また一気に奥まで突き挿れられる。

「ひゃぁああっ！」

目を大きく見開いて、彼に抱き縋《すが》る。

一瞬何が起きたか分からなかった。分かったのは乱暴なくらい熱いものが、私の体の奥深いところまで入り込み暴れているということだけだ。

「あ、ああ……ぁひっ、も、もう無理……休ませてっ、やぁぁぁっ！」

待って！　イッたばかりなの。いっぱいいっぱいイッてるの……！

余韻を感じることなく強制的に高められて、高いところから降りてこられない。強すぎる快感が苦しくて辛い。でも、気持ちよくてたまらない。その矛盾が、また大きな興奮を生んだ。

「悪い。無理だ。こんないい女を前にして止まれるわけねぇだろ」

彼は私の脚を体につくくらい折りたたみ、のし掛かってきた。

深く抉るように入り口から奥までを擦り上げられて、私は何度も彼の背中に爪を立てた。そのたびに深く穿たれる。

まるで最奥から体を作り替えられているような錯覚に私は啼き続けた。

「深っ、深いのっ……待って……そこダメッ、ふぁ、あっ」

「そこダメは、そこがいいにしか聞こえねぇけど？」

良平さんはニヤリと笑いながら、私の唇をひと舐めし、囁く。

そ、そんな……

彼の言葉に震える私の体の奥深くに、彼の昂りがまた入り込んでくる。蠕動《ぜんどう》を繰り返している膣内が、彼を締めつけ扱き上げる。

じゅぼじゅぼと貫かれ擦り上げられて、私はもうわけが分からなかった。

悲鳴に近い声を上げながら、必死な思いで彼にしがみつく。

「やあっ、あんっ……ああっ、ひうっ」

これ以上ないくらい密着すると、彼の恥骨が花芽に当たった。それだけでも飛びそうなくらい気持ちがいいのに、彼は体を起こして、両方の胸の先端を指で摘んで転がしてきた。

無理……そんなにしたら……

気持ちいいところを全部弄られて、膣内がジンジンと痺れて熱を持っていくのが分かる。

「ああぁぁっ、もうだめぇ――っ！」

「くっ」

一際大きな波が来て背中が弓なりにしなると、彼から小さな呻き声が聞こえた。中で彼のものが大きくなり、ビクビクと脈打つのが分かる。

彼にしがみついていた両手がするりとベッドに落ちたのと同時に、彼は勢いよく中から引き抜いた。

良平さんの……避妊具越しなのにすごく熱い……。でもこれ本当に二回目？

そうは思えないくらい気持ちよかった。良平さんが上手すぎるのか、自分が快感に弱すぎるのか、どっちだろう。

それとも相性がとてもいいとか？　それなら嬉しいな。

うまくまわらない頭でそんなことを考えながら、力の入らないまま彼が避妊具の処理をしているのをボーッと眺める。

でも、彼はなぜか新しい避妊具をつけ直した。

「椿。ほら、体を起こせ」

「ふぇ……？」

ベッドのヘッドボードにもたれかかった彼が、私の体を抱き起こし上に跨らせる。でも力なんて入らなくて、ぐったりと彼の胸に寄りかかってしまうと優しく背中をさすられた。

温かい……

彼の激しい劣情には驚いたが、終わってからこうやって抱き締めてもらえるなら悪くない……。

そう思い、彼の胸に甘えるようにすり寄る。

「椿」

「んっ」

目を閉じて彼の胸に甘えていると、顎をすくい上げられキスをされた。舌先をすり合わせながらお互いの舌が絡まり合う。

気持ちいい……

ただでさえふわふわと定まらない思考が、彼とのキスでさらに甘く濁る。その時、彼が私の腰を持ち上げるように掴んだ。

「りょうへいさ……んんっ⁉」

「油断しているようだが、まだ終わりじゃないぞ」

一気に奥まで貫かれて、息が止まった。

大きく目を見開きながら、体が勝手にビクビクと震える。

な、何……？

「ああ、奥までとろとろだな。めちゃくちゃ気持ちいい」

「ひゃっ！　あぁぁ、あっ、ああ……」

良平さんは、私の腰を両手で掴んで前後に動かしてきた。彼の上に乗っているせいか自重も加わり、とても深いところまで入り込んでしまった気がする。

どうして？　終わったんじゃ……

私は突然始まった二回戦についていけないまま、彼の上で揺さぶられた。

「椿、綺麗だ。好きだ。もう絶対に離さない。二度と逃がしてなんてやらないからな」

彼は私の胸をむにゅっと掴んで頬擦りをしながら、熱に浮かされた表情で見上げてくる。

その目も声もとても熱い……

彼の愛の言葉がとても嬉しい。だが、彼の凶悪なまでの熱のせいで返事はできなかった。

その日、彼が私を解放してくれたのは空が白みはじめる少し前だった――

3

「本当に大丈夫か？」

「ええ、大丈夫ですよ」

翌朝、私は良平さんが運転する車で少し早めに出社した。

車で一緒に出社だなんて、朝からドライブ気分が味わえてお得だなと喜んでいる私とは違い、彼の表情は硬い。というより、やや暗い。

「ごめんな……。次の日も仕事があるのに着替えのことを失念していた。次からは、こんなことがないように椿の着替えや物を俺の家に揃えていこうな」

「はい、ありがとうございます。それは追々……。でも、着替えは研究所のロッカーに入れてあるので、本当に大丈夫なんですよ」

シートベルトを外し車から降りて、彼に笑いかける。それでも彼は失敗したという表情を崩さない。

どうやら彼は、着替えを用意せずに私を泊めてしまったことを悪いと思っているらしく、今朝からずっとこんな調子だ。

新婚気分が味わえて、すごく楽しかったのにな。

「私、良平さんと一緒に出社ができてとても嬉しいんですよ。朝から貴方とドライブができて嬉しいです。だからそんな顔しないでください」

「なら、今後一緒に住むことを視野に入れるか……」

「え……？」

突然、大真面目な顔でそう言った良平さんに面食らう。でもすぐに彼の言葉を笑って受け流した。

車のドアを閉めて、彼に向き直る。

「お気持ちは嬉しいですし、とても魅力的なお誘いではありますが……。さすがにちょっと……」

「なぜだ？　社長が許さないからか？」

肩を竦《すく》めながらへらへら笑っていると、彼は私の肩をがしっと掴んだ。

どうやら本気のようだ。

というより、そこが問題なのだ。社内でも信任が厚い杉原部長と同棲するほど仲睦まじいことが父の耳に入れば、めちゃくちゃ喜ぶだろう。そうなれば、なくなったはずの結婚しろ攻撃が復活してしまう。

私はかぶりを振って思考を散らした。

ダメよ。良平さんのことは大好きだけれど、今は研究が第一だし結婚はまだ考えられないわ。

「いえ、父が許さない……というようなことはないと思いますが、これは私の問題でして」

「何が問題だ？　そりゃ今は付き合ったばかりだから抵抗があるかもしれないが、今すぐ答えを出さなくてもゆっくり考えてくれれば……」

「えっと……」

　言葉を濁す私に、彼はぐいぐい迫ってくる。私は戸惑いがちに彼の胸を押した。

「ちょっと冷静に考えましょう。仕事のことしか頭にない私と一緒に住んでも、うまくいくとは思えません。私はこのままの関係がいいです」

「なぜだ？　仕事なら優先していいと言ってあるだろ」

「で、でも、私の仕事好きは規格外でして、夢中になると日付けを跨ぐなんてざらです。最初はよくても、そんなの喧嘩になるに決まっています」

　それに研究所内に自室を持っていることは、彼相手でも明かすつもりはない。

　彼は仕事を優先してもいいと言ってくれているが、別々に住んでいるのと一緒に住んでいるのとでは、受ける印象が違うと思う。

「日付けを跨ぐのはよくないな。体にも悪い。社長は許しているのか？」

「父も兄も、もう諦めているんです」

「……なら、これからは」

「ほら、そういう考えに至るでしょう？　少し話しただけでも、こういうふうになるんです。誰も私の研究バカについては理解できませんよ。一緒に住めば、必ず喧嘩になります」

　私が首を横に振ると、彼は厳しい表情のまま押し黙った。

「良平さんのことは大好きです。ですが、今の私は仕事が一番ですし、誰かと一緒に住むなんて考えられません。たまに、昨日のようにお泊まりするほうが絶対にいいですよ。ね、焦らずにゆっくり進みましょう」

「分かった。じゃあとりあえず、これからは毎日一緒に夕食をとろう。それくらいならいいだろ?」

「は、はい。それは別に構いませんが。でも、常に定時では……」

「遅くなっても別にいい。だが、今毎日夕食をとると約束したんだ。言質は取ったぞ。破ることは許さないからな」

彼は私に背を向け小さく手を振りながら、「仕事が終われば、迎えに行くからいい子で待ってろよ」と言って、本社ビルへ消えていった。

私はそんな彼から目が離せず、しばらく立ち尽くして動けなかった。

＊＊＊

「はぁあ~っ、良平さんの気持ちは嬉しいんだけれど……困ったな」

最上階の仮眠部屋で服を着替えながら露骨な溜息をつく。早めに出社したこともあり、研究所内はまだ誰もいなかった。

昨日は彼とお付き合いをしてすぐのデートだったこともあり、ついそわそわして仕事に身が入らなかったが、常にそうかと問われれば絶対に違うと思う。

研究を二の次にして、彼と過ごす時間を優先できるようになるかしら……

そこまで考えて私はかぶりを振った。

考えるだけ、無駄ね。そんなの私じゃないもの。

きっと彼を焦らせているのは、こういう自分の考えのせいだろう。それは分かっているし、大好きな良平さんの望みを叶えてやりたいとも思うが、そればかりは聞いてあげられない。私は彼が好きだ。すごく好き。少しでも長くお付き合いを続けていきたい。愛想を尽かされることはできるだけ先送りにしたいのだ。だが一緒に住むと十中八九、私の悪癖に辟易されるに決まっている。そうなれば嫌われるだろう。

それだけは……それだけは……絶対に嫌。いつかはそういう未来が来るのだとしても、今は嫌。もう少し貴方と過ごす夢のような時間を味わっていたいの。良平さん、ごめんなさい……

「さぁ、今日は昨日できなかった分もやらないと……」

研究室に入り、頬を叩いて考えていたことを散らす。すると、スマートフォンがぶるぶると震え出した。

あら、誰かしら……？

着信画面を見てみると、そこには兄の名が表示されていた。私は嫌な予感がして、白衣のポケットにスマートフォンを放り込んだ。

きっとろくなことじゃないわ。どうせ昨日も研究所に泊まって残業をしただろうというお小言に決まっているもの。

……しつこい。

間をおかずに何度も何度もかかってくる電話に嘆息する。私はとうとう根負けして「はい、なんですか？」と、ややキレ気味に電話に出た。

「遅いよ」

開口一番に文句が飛んできて、顔をしかめる。

「私だって忙しいんです」

「まあいいよ。話があるから専務室に来て」

「え？　困ります。誰かに見られたらどうするんですか？」

父といい、兄といい、最近どうして社内で私に関わってくるの？　私は放っておいてほしいのに……

「優秀な研究員を呼び出して話を聞くのは、別にいけないことだと思わないけど？　それとも所長に通達しなきゃ来られない？」

「なっ……」

そんなのズルい……！

私は言いたいことだけを言って切られたスマートフォンの画面をしばらく恨みがましく睨《にら》みつけた。

それにしても何事かしら……。こんなこと今まで一度もなかったのに。

私は仕方がないので、斜向《はすむ》かいに建っている本社ビルへと向かった。そして、渋々専務室のドアをノックする。すると、「どうぞ」という声が聞こえたので、小さくドアを開けてそっと顔だけを覗かせた。

「なんですか？　手短にお願いします」

「そうやって覗いているほうが逆に怪しいよ。早く入っておいで」

兄は待ち構えるようにドアの前に立っていて、私を引っ張り入れた。が、兄の言うことにも一理あるので、私は大人しく従う。

え……？

なぜかそこには良平さんもいて、私は予想のしない事態に目を瞬かせた。

「ど、どうして？」

「昨日、あれだけ会社前でイチャついておいて、僕の耳に入っていないとでも思っていたの？」

そう言って笑いながら、私の顔を覗き込んでくる兄の笑顔が魔王のように見えて、私は顔を引き攣《つ》らせた。

見られていたなんて……

別に隠すつもりはないが、イチャイチャしているところを家族に見られているのはなんとも気恥ずかしいものがある。

「とりあえず、座ろうか」

「はい……」

兄に促されるままにソファーへ腰掛けると、良平さんも隣に座った。

動揺している私とは違い、彼は緊張した様子もなく堂々としている。そんな彼を盗み見ると、目が合った。

「良平さん……。兄がすみません」

「いや、大丈夫だよ。それにご挨拶がしたかったから、ちょうどいいかな」

声を潜めながら詫びると、彼はとてもいい笑顔でそう返してくる。その胡散臭い笑みに私はまた顔を引き攣《つ》らせた。

まさか……ここで同棲させてくださいなんて言い出さないわよね？

いやいや、彼もゆっくり考えてと言っていたもの。大丈夫よ。それに彼は最初から隠すつもりはないと言っていたし、私もそれを了承した。だから、堂々としていればいいのよ。

「そんなに警戒しなくても大丈夫よ。彬さんは兄として、椿ちゃんが心配なだけだから」

「お義姉様……」

応接用のテーブルに三人分のお茶を並べながら、義姉が微笑んでくれる。彼女の優しげな微笑みにホッとする反面、お茶が三つしかないことが気になった。

もしかして話に参加してくれないのかしら？

そして案の定、彼女はお茶を置いてペコリと一礼をし、退室してしまった。置いていかないで……と思いながら、名残惜しげに秘書室へ続くドアを眺める。

一緒にいてくれたら心強かったのに。でもそうよね、始業前のこの時間は忙しいわよね。

「椿。大体のことは杉原くんから聞いたよ。彼には素性を明かしたそうだね」

兄の声にドアを見ていた顔を弾かれたように戻す。彼はとても嬉しそうにニコニコと微笑みながら私を見つめていた。

その笑みをなんだか怖いと思ってしまうのは、私にやましいことがあるからかしら。

良平さんとのお付き合いを黙っていたことや、先日ビジネスホテルに泊まったと嘘をついたことに罪悪感のようなものを感じて、私は少し胸が痛くなった。

「はい。彼なら信用ができると思ったので……。それに、彼のことがとても好きなのでいいと思ったんです」

改めて言葉にすると頬が熱くなる。もじもじしながら俯きがちに良平さんへ視線を向けると、彼が私の手を力強く握る。

良平さん……

手を握られると、「大丈夫だ」と言ってもらえている気がして心強い。

「あの杉原部長がうちの椿をね……」

「専務からすれば、直属ではないとはいえ、部下に手を出したように見えるかもしれませんし……何より大切な妹さんに手を出したように見えているとも思います。ですが、僕は本気です。彼女を愛しているんです。認めていただけるためでしたら、なんでもします」

兄の探るような視線と言葉に、彼ははっきりとそう言い頭を下げた。

彼は人気があるので、以前から女性社員が良平さんに告白したという噂はよく聞こえてきた。だが、そのすべての人がお断りされているとも聞くので、彼は人気はあるが――いつしか社内では『杉原部長は難攻不落』だと定着している。だから、良平さんが社内の誰かと付き合うなんてあり得ないと思っていた。それは兄もだろう。

それが、まさか私とだなんて夢みたい。

「うーん、そうだねぇ。手を出す、という言葉は語弊があると思うよ。本気で妹を大切にしてくれるなら、その言葉は適切ではないかな」

「申し訳ありません。では、言葉を変えます。僕は彼女の仕事に対しての真摯な姿勢や何事にも真剣に向き合う姿に惹かれていました。なので、彼女にお付き合いをしてほしいとお願いしたんです。絶対に大切にすると誓います。どうか認めていただけませんか？」

「……なら、いいよ。元より反対するつもりもないし、どういう経緯で付き合うに至ったかまで根掘り葉掘り聞く気もない」

「え？」

兄の言葉に目をパチクリさせる。それは良平さんも同じなようで、小さく目を見開いて声に少し動揺の色が見える。

「ということは認めてくださるということですか？」

兄は静かに頷いて、ニッコリと微笑んだ。

「まあ、恋愛の始まりは衝動的な部分が大きいとは思うよ。でもだからと言って、付き合っていくなら、ましてや結婚を視野に入れているなら、それだけではダメだというのが僕の意見かな。だから、杉原くんには妹への想いの真剣さを僕に示してほしい。もちろん椿のどういうところが好きとか語ってほしいわけじゃない。僕が欲しいのは言葉より君の椿に向き合う姿勢だよ」

私に向き合う姿勢？

つまり結婚まではエッチなことは禁止で誠実なお付き合いを……とかそういうことかしら？　それにしても結婚はまだ考えていないんだけど。

というより、この過保護な兄はきっと私がまだ処女だと思っているわよね？　紳士な杉原部長が許可を得る前に私を抱いているなんて万に一つも思っていなそうだわ。あらいやだ。バレたら、卒倒するんじゃないの？

「……つまり、どうすれば認めていただけますか？」

思考も態度も落ち着かない私とは違い、良平さんは落ち着いた声で兄にそう問いかける。なので私も顔だけは引き締めて向き直ると、兄が目を細めて笑った。

「そうだね。その前に、まずはこれを見てくれる？　椿の月の残業時間や休日出勤の労働時間の合計かな。これを見て、まず杉原くんの意見を聞かせてほしい」

そう言って差し出されたタブレットには、私の日々の仕事ぶりが映し出されていた。それを見て、良平さんが目を剥く。

何かおかしいところがあったかしらね？

タブレットを手にして震えている良平さんから視線を逸らし、明後日の方向を見つめた。

「これはひどい……」

「ね、月百時間をゆうに超えているし、労働基準法的に完全にアウトなんだよね。過労で倒れるんじゃないかって、いつも冷や冷やしているんだ」

兄と良平さんの視線が一気に注がれて、私は縮こまった。兄は呆れたような笑みを浮かべているが、良平さんは先ほどみたいな柔和な表情ではなく、完全に怒っているような顔をしている。

そ、そんなにダメかしら？

「べ、別に残業の申請をしていませんし、これは私が好きでやっていることなので……お仕事ではなく、趣味の時間だとも言えます……」

ゴニョゴニョと人差し指を合わせながら言い訳をする。

趣味の時間なら、月百時間でも二百時間でも問題ないと思う。

私が視線を彷徨《さまよ》わせると、良平さんの手が伸びてきて私の耳を引っ張った。

「痛い、痛いです。どうして怒るんですか？　仕事を優先していいって言ったのに。あれは嘘ですか？」

「ふざけるなっ！　そんな言い分が通用すると思っているのか!?」

耳元で怒鳴られて、耳がキーンとつんざく。

そんな私たちを見て兄がクスクスと笑い出した。

「へぇ、杉原くんが声を荒らげるなんて珍しいね。まあ、そんなふうに椿を叱ってくれる人なら大丈夫かな。僕が出す条件は至ってシンプルだよ。椿の残業時間をなくせとは言わない。ただ月二十五時間以内に留めて、休日出勤はさせない。そして、研究所に泊まらせずに毎日ちゃんと自宅に送り届ける。どう？　できるかな？」

「は？　ちょっと待ってください！」

兄の言葉に異議を申し立てようとした途端、良平さんの「研究所に泊まる？」という声が聞こえて、私はさっと顔ごと背けた。

ああ、研究所に泊まっていたことがバレてしまったわ。それにとても怒っているわ。どうしましょう……

「椿」

「は、はい……」

名前を呼ばれておずおずと彼に向き直る。でもやはり怒っているのか、彼はとても冷たい目で私を見てきた。

その突き刺さりそうな視線に反論できなくなり、私は消え入りそうな声で「せ、せめて、月五十時間でお願いします」と妥協案を出した。

今まで月百時間以上していたものを、突然月二十五時間以内に……だなんて鬼だし不可能だと思う。何もできなくなってしまう。

私の言葉に「は？」と詰め寄る彼に、私は「だって……」と口籠る。

良平さん、素が出ています。普段の優しい杉原部長のイメージが台無しですよ。

でも今そんなことを言ったら、さらに叱られるのは目に見えているので、私は唇を噛みながら助けを求めるように兄を見た。

「椿。何度も言うけど、それは認められないよ。我が社はそもそも過度な残業は認めていないんだ」

「で、でも……」

「専務。必ず、椿さんには月に二十五時間以上の残業をさせないと約束します。それにつきまして、少し僕から提案が……」

「なんだい？」

私の妥協案に困った顔をしていた兄は、良平さんの言葉で私から彼へと視線を移す。そして優雅に脚を組みソファーの背もたれに体を預けて、悠然とした表情で彼の話を聞く姿勢を取った。

良平さんの『提案』という言葉に、私はびくっと体を強張らせた。

まさか良平さん、あのことを願い出るつもりじゃ……

「椿さんとは毎日夕食を一緒にとる約束はしていますが、そのあとに送っていくとなると遅くなってしまいます。仕事後はゆっくり休ませてあげたいので、僕としては今すぐ彼女と一緒に住みたいんです」

「え？　それは同棲したいってことかい？　君たち、付き合ったばかりだよね？　さすがにそれは……」

「ですが、仕事が好きすぎる彼女のことです。僕が自宅に送ったあとに会社に戻って仕事をする……ということも考えられます。第一、今まで彼女の残業を問題視しつつ正せなかったご家族では僕は正直言って不安です。なので、僕としては彼女を見張る——いえ、専務の要望を遂行するためにも彼女と一緒に住みたいのです」

今、見張るって言わなかった？

私は良平さんの言葉に思いっきり首を横に振る。でも、兄は何やら思案顔だ。

困る。困りすぎる。

私は身を乗り出し兄の手を掴んだ。

「お、お兄様、無理です！　一緒に住んだら、確実に私の研究バカに良平さんが愛想を尽かします」

「えー、そうかな。むしろ、真剣に正して導いてくれそうだけど……」

「嫌です！　私、まだ良平さんに嫌われたくないんです！　まだお付き合いしていたいんです！だから私の夢の時間を壊さないで！」

必死の思いで兄に訴えかけていると、突然肩をがしっと掴まれる。その手の感触と背後から感じる圧におそるおそる振り返ると、そこには恐ろしいほどにこやかに笑った良平さんの顔があった。

「ひっ……！」

「そんなふうに思われていたなんて心外だな。僕としては、昨日とても真剣に君に愛を伝えたつもりだったんだけど……。そうか、伝わっていなかったんだね。じゃあ、もう一度ちゃんと話そうか？」

彼の言葉にふるふると首を横に振り、「ち、違うんです。ごめんなさい……」と謝る。けれど、彼はその怖い笑顔を崩してくれない。

「そうだね。話し合うのが一番だと思うよ。それに、同棲の件だけど椿には多少の荒療治《あらりょうじ》が必要だから、二人の合意のもとなら僕としては構わないかな。但し！　わざわざ言わなくても分かると思うけど、椿は初心なんだ。そういうことをするなとは言わないけど、順序は踏んであげてね。無理強いをして泣かせるようなことをしたら、許さないから」

「それに関してはご心配には及びません。必ず、椿さんを大切にしますし、ワーカホリックな彼女に愛想を尽かすこともありません。どんな時でも真摯に向き合います」

「そう？　なら、安心かな。よかったね、椿。じゃあ、二人とも持ち場に戻っていいよ。朝早くから呼び出して悪かったね」

兄はにこやかにそう言って、私に「頑張ってね」と小さく手を振った。そんな兄に大きく首を横に振るが、抵抗虚しく良平さんに無理やり引きずられてしまう。

彼の「失礼しました」という言葉と共に、パタンと閉まった専務室のドアに助けを求めて手を伸ばすが、無情にもそのドアが開くことはなかった。


「良平さん、待ってください！　そんなつもりじゃなかったんです……！　本当にごめんなさい」

良平さんは私の手を掴んだまま何も答えてくれず、同じフロアにある応接室へ私を放り込んだ。

応接室のドアを閉めて鍵までかけた彼を見ながら、私は泣いてしまいそうだった。

……良平さん、すごく怒ってる。

今回のことで、もう私のことを嫌になっていたらどうしよう……

怖くて不安な思いが自分勝手な心を占有する。

「良平さん……ごめんなさい……。お願いします……」

嫌いにならないで……

私の手を離しソファーに座った彼の顔が見られなくて、立ち竦《すく》んだまま震える声を絞り出す。すると、彼は無言で隣をポンポンと叩いた。

座れってことかしら？　私はまだ隣に座る資格があるの？

そんな卑屈なことを考えながら、おそるおそる彼の隣に座る。

「違う。こっちだ」

「え？　きゃあっ」

彼はそう言って私を抱き上げ、膝の上に横向きに座らせた。突然、膝に乗せられて、びっくりして思わず彼に抱きつくと、優しく頭を撫でられる。

良平さん……？

「怒っていたんじゃないんですか？」

「怒っているに決まってるだろ」

「ごめんなさい……」

即座に返ってきた言葉に、唇を噛んで俯く。でも、彼は優しく抱き締めてくれる。その腕の温かさに泣きそうになった自分を誤魔化すように、彼の肩に顔をうずめもう一度「ごめんなさい」と謝った。

「椿……。君は誰よりも成果を出すのが早い。それについては商品開発部としても助かっている。それは事実だ。だからと言って、このままでいいわけがない」

彼の膝の上に座ったまま、なんと答えていいか分からず、視線を伏せて自分のつま先を見つめた。

「なぁ、椿。本当は自分の働き方がいけないということは、ちゃんと分かっているんだろ？　このままこんな働き方をしていたら、俺に嫌われるんじゃないかと危惧しているってことは、どうすればいいか自分の中で答えが出ているんじゃないのか？」

「それは……」

良平さんの言葉に視線を上げる。が、すぐ耐えきれなくなって視線を彷徨《さまよ》わせる。

良平さんは商品開発部の部長であることから、私の仕事にはかなり理解がある。

今までも、成果が出れば一緒に喜んでくれたし、褒めてもくれた。そして、それが商品になり、世に出る。彼は、その喜びや達成感を共に分かち合ってくれる人だ。

だから、だからこそ、私はこの人のことを尊敬もしているし、同時に強く憧れてもいた。

その人に好いてもらえている。それはとても嬉しいこと――奇跡だ。

でも、このまま研究三昧の生活をしていたら、その奇跡もいつかは終わるだろう。分かっているのに、素直に頷けない。

「椿が仕事熱心なのはよく分かっているし、そんな君を好ましくも思っている。その気持ちに嘘はない。君の仕事に対する姿勢に惚れた俺としては、できる限り君に協力したいとも思っている」

彼の私への心配が痛いほどに伝わってくる。それなのに返事をすることができなかった。

「だからこそ、働き方を見直そう。ちゃんと就業時間中にその日やるべき量を決めて、それ以上はしない。そうやってスケジュールを立てていけば、過度な残業なんてしなくてもいいんじゃないのか？」

彼の言葉にぎゅっと手を握り込んで、首を横に振る。

そんな器用なことはできない。それに……

「でも……それじゃ、成果を出すのがいつもより遅くなってしまいます」

「そんなものは別にいいさ。新規有効成分の研究開発なんだぞ。数年かかるのは承知の上だ。研究者ではないが、俺も部署の皆も十二分に理解している。俺は君の健康と引き換えに早く成果を得られても、ちっとも嬉しくない」

優しく背中をさすりながら諭すように話す彼の言葉に唇を噛む。

良平さんの言っていることは分かるし、尤《もっと》もだとも思う。皆、そうやって折り合いをつけている。学生の頃のように研究に没頭していればいいわけじゃない。そんなの分かっているの。分かっているのよ……

ずっと好きなことだけをしていたいなら、就職なんてせずに院の研究室に残ればよかったのだ。そうしないで就職する道を選んだのは紛れもなく私……

私は皆と商品を作るという楽しさを知ってしまった。もうこの仕事を辞められない。辞めたくない。なら、いずれは自分の働き方と向き合わなければならない。

そしてそれがきっと今なのよね……

このまま現状に目を逸らし続けてわがままを貫いていれば、良平さんを失ってしまう。それだけじゃなく私を心配してくれる家族のことも失望させてしまう。そうなれば私は絶対に後悔する。自分を許せなくなる。

唇を噛み締め、視線を自分のつま先から動かせないでいると、彼は私の頭を撫でた。

良平さん、私……

「本当なら無茶なことをしている椿を、もっと叱りつけてやろうと思っていたんだが……。俺に愛想を尽かされたくないと、嫌われたくないと、君が言ったから、俺は怒りがどこかに飛んでいってしまったんだ。可愛すぎて」

「え……？」

顔を上げて、彼の顔をおそるおそる見ると、私の頭を苦笑いしながら撫でていた。私と目が合うと、彼は困ったように笑う。

可愛い……？

「嫌われたくないから一緒に住めないって……怒る気が失せるくらい可愛すぎだ」

「え？　でも……」

戸惑いを隠せずに彼を見つめると抱き締められる。優しく包み込んでくれる腕の温かさに、彼の胸にすり寄った。

私、彼にこれから先もこうやって愛されたい。好きでいてほしい。優しくされたい。自分の中の女の部分がそう言っている。それは紛うことなき本心だ。

「俺に嫌われたくないけど、働き方も見直せない。そうやって悩んでいる椿は可愛くはあるが、俺としてはやはり見直してほしい。もう俺より仕事を優先していいなんて言わない。仕事後は俺を優先しろ。そのほうが君のためだ」

「……良平さん」

「俺が怒ったのは、君への想いが何一つ届いていなかったからだ。愛想を尽かされる？　嫌われる？　頑張っている君にそういう仕打ちをする男に見えていたのか、俺は……。それが腹立たしくもあり悲しくもあるよ」

良平さん……

彼の悲しそうな顔を見て、初めて自分が愚かな考えを持っていたことに気づいた。

慌てて顔を上げて、首を横に振る。涙が自然とあふれて自分と彼を濡らした。

「泣くなよ……。責めているわけじゃないんだ。頼むから、折れてくれ。研究より俺を好きになれなんて言わない。仕事中は俺のことを忘れて没頭していても構わない。だが、仕事が終われば俺を思い出してほしいし、俺との時間を優先してほしい。椿、愛しているんだ。頼むから自分の体を大切にしてくれ」

彼の言葉に涙が止まらない。それと同時にとくんとくんと律動を刻む胸は、彼の想いの強さと愛の深さに喜び、ときめいている。

「愛している、椿。これから嫌というほど俺の想いを教え込んでやるよ」

愛のこもった眼差しで見つめられ、一際大きく心臓が跳ねた。

「わ、私、貴方に愛される自信がなくて……。どうして、こんな私が……好いてもらえているのかも、分からなくて……」

一度あふれ出すと、もう止まらない。

良平さんの腕の中で子供みたいに泣きじゃくりながら、彼に不安を吐き出した。

「こんな研究バカな私が……貴方に好かれるわけないって、思っていたんです……。貴方は、とても素敵だから……。こんな私なんてって……。これは全部私の願望が見せた夢だって自分に言い聞かせて、いました。でも、貴方の手を……離せなくて、もう少し夢を見ていたくて……だから、だから、同棲したくなかったんです……」

彼は泣いている私の背中を優しくさすりながら、何も言わずに聞いてくれている。泣きながら、何度も謝ると、優しいキスをくれた。

その優しさに、胸が痛いくらいに締めつけられる。それにとても熱い。彼を想うこの胸が熱くて痛い。

「椿。俺たちは体から始まったし、付き合いはじめたばかりだから、いまいち信用できないのも分からんでもない。正直、俺もあの日君とバーで会うまでは君への慕情に気づいてすらいなかった。だが一度自覚すると、もう無視なんてできない。どうか信じてほしい。時間よりも、俺の椿への想いのほうを見てくれ」

「良平さん……」

「君の不安や怖さを今すぐすべて取りのぞいてやることはできない。でもな、椿。愛されている自信や確証なんて、ゆっくりついてくるもんだ。不安になる暇なんてないくらい、これから俺が嫌というほど愛してやる。だからもう卑屈になるな。こんな私がとか言って、自分を卑下するな」

良平さんの力強い愛の言葉にカァッと顔に熱が集まってくる。彼は私の腰を抱いたまま、私の頬に手を添えて、こつんと額を合わせた。

「ゆっくり愛を育んでいこう。絶対に幸せにするから」

「……っ」

充分なくらい分かった。思い知らされた。

私は彼が大切だ。自分の中の研究者としての自分が——今までの自分を捨てていいのかと問う。

だが、私は彼の優しさと強い想いに触れて、彼と生きていきたいと思ってしまった……

なら、仕事と彼との時間。それらにちゃんと折り合いをつけていきたい。彼をがっかりさせたくない。笑っていてほしい。彼を安心させたい。

泣きながら何度も頷くと良平さんは抱き締めていた腕に力を込めて、一層強く抱き寄せる。二人の体がぴったりとくっついて、お互いの鼓動が聞こえる気がした。

「椿、愛してる」

「私も、私も愛しています」

「なら、今日は残業なんてせずに真っ直ぐに家に帰ろう。今夜、椿がもういいって泣いてしまうくらい俺の想いを教えてやるよ」

耳元で囁かれてボッと顔に火がつく。

「も、もう充分なくらい分かりました……」

「いや、まだ全然足りねぇよ。覚悟しておけ」

＊＊＊

「お疲れさま」

研究室のドアが開いて、爽やかな声が聞こえてくる。私は粉体顔料の表面処理をしていた手を止めて顔を上げ、その声の主に「お疲れさまです」と笑いかけた。

「杉原部長〜、羽無瀬さんと付き合っているって聞きましたよ。昨日の羽無瀬さんどうでした？　とっても可愛かったでしょ」

狭山さんが、ニヤニヤと笑いながら良平さんを肘でつつく。それを皮切りに研究所内に残っていた皆が彼を取り囲んだ。

あ、これは……。始まるわね……

「羽無瀬さんのどこに惚れたんですか？」

「いつから好きだったんですか？」

「どちらから告白したんですか？」

私の予想どおり、今朝私が受けたものと同様の質問をされている彼を眺め、まあ仕方ないわよねと視線をもとに戻した。

どうやら昨日のやり取りを兄だけではなく数人の同僚にも見られていたらしく、研究員の皆にバレてしまったのだ。

噂が広まるのって恐ろしいくらい早いわよね。まあ会社の前でイチャイチャしていた私たちが悪いんだけど……

この調子なら本社のほうに話が広まるのも時間の問題だなと考えながら、止めていた手を動かしはじめた。

早くこれを終わらせて、帰る準備をしよう。良平さんを待たせちゃう……

「羽無瀬さん。あとは私たちでやっておくので、早く帰る準備をしてきてください。杉原部長が待っていますよ」

作業を再開すると、輪の中から抜け出してきた狭山さんが微笑みながらそう言ってくれたので、視線を動かして彼らを見る。

「でも……」

「ほらほらぁ。もう残業しないって約束したんでしょ。早く着替えてきてください」

「……ありがとうございます」

狭山さんに背中を押されて研究室を追い出された私は、お礼を言って足早にロッカールームへ向かった。

「えっと……」

ロッカーから大きめの旅行鞄を引っ張り出し、ファスナーを開けて中を確認する。

良平さんのおうちに持っていく数日分の着替えなどは、お昼のうちにこの鞄に入れて上の部屋から下ろしておいたのだ。

「忘れものとかないわよね……」

と言っても、ここには毎日出社してくるし、実家も近い。足りないものがあってもすぐに取りに行けるのだが。

同棲の準備をしているのだと思うと、その用意すら楽しい。そのせいか、この確認もとてもワクワクしてしまう。

「これから良平さんと一緒に暮らす」

そう口にすると、頭の中が『同棲』の二文字でいっぱいになる。すると、ワクワクの中に緊張感が生まれてきた。

楽しみだと思っているはずなのに、次の瞬間にはどうしようと怖くなって、でもやっぱり彼と一緒にいたいと望んで、私の心は中々落ち着いてくれない。

こ、これからは良平さんのおうちが私の帰る家になるのよね……

「うう、ドキドキしちゃう……」

大丈夫。絶対に大丈夫よ。私は彼との時間を大切にすると決めたの。それに良平さんは私を嫌いになんてならない。だから大丈夫よ。そう自分に言い聞かせながら、もう何度目になるか分からない決意を固めて、拳を強く握り込む。

頑張るのよ、私。女は度胸よ！

「あ……そういえば……」

覚悟を決めた瞬間、ハッとした。

兄から同棲の許可は得られたが、両親の許可は得られていない。それどころか、今日から違うところに住むことを報告すらしていない。

私ったら、なんてことを……！

己の失態に気がついて、さーっと血の気が引いていく。

「ちゃ、ちゃんと報告しなきゃ……」

父に電話をかけるために、慌ててスマートフォンを取り出す。だが、すでにメッセージアプリに父と兄からメッセージが届いていた。

「あら、お兄様が報告しておいてくれたのかしら？」

そう独り言ちながら、父からのメッセージを先に開くと、そこには『商品開発部の杉原くんとお付き合いをしていたなら、あの時に教えてくれればよかったじゃないか。水臭いぞ。とりあえず、次の休みの日に杉原くんを連れてきなさい』と書いてあった。

ただの文章なのに、とても嬉しそうに感じるのはなぜかしらね。

嬉々として私にメッセージを送る父の姿が想像できて、苦笑いがこぼれる。

そして次は兄から来ているメッセージを開いた。

えっと……

『可愛い椿。ちゃんと父さん含め役員たちに、二人が結婚を前提にお付き合いをしていることを伝えておいたよ。あと、同棲の許可も父さんと母さんからもらっておいたから安心してね』

その文面を見て、なんだか嫌な予感で胸が騒めいた。

「役員たちに？　おじ様たちにも話すなんて何考えているの？」

おじ様たちのことだから、きっとお節介を焼いて私と良平さんの関係を吹聴してまわるだろう。

「お兄様のバカ。ただでさえ、研究員の皆からの質問攻撃に頭が痛いっていうのに……」

それが本社にまで広まったらどうなるのだろう。私は冷や汗をかきながら、スマートフォンの画面を見つめた。

「はぁっ……もういいわ。帰りましょう」

今は起きてもいないことで頭を痛めても仕方がない。時間の無駄だ。それよりも早く良平さんのところに行こう。あまり時間をかけると心配させてしまうもの。

私はふぅっと息をつき、着替えを詰め込んだ旅行鞄と普段の通勤用の鞄を手にし、ロッカールームのドアに手をかける。

「きゃっ！」

ドアを開けた瞬間、ちょうどノックをしようとしていた良平さんとぶつかりそうになってよろけてしまう。すかさず腰に手が伸びてきて支えられる。

「ありがとうございます……」

「大丈夫か？　全然戻ってこないから心配で見に来たんだ。まさか体調が悪くなったのか？」

彼はとても心配そうに私の額に触れ、熱がないかを確認する。

「熱はないようだな……。大丈夫か？　どこか痛いところや辛いところはないか？」

「だ、大丈夫です……。父と兄からのメッセージを確認していたら遅くなってしまったんです。ごめんなさい……」

とても焦った顔で私の体調を確認する彼に首を横に振って謝罪した。彼は私を抱き締め肩に頭を乗せて、安堵の息をつく。

「いや、大丈夫ならいいんだ。よかったよ」

良平さん……

心配性な彼を嬉しいと思う気持ちと可愛いと思う気持ちが湧いてきて、私は肩に乗っている彼の頭を撫でた。すると、じゃれるように首筋に頬擦りしてくる。

「ふふっ、良平さん。くすぐったいです」

「ダメだ。もう簡単には離さないからな。ここ数日、俺を振り回して……」

「そんなつもりじゃなかったんですけど……」

振り回しているつもりはなかった。でも、『抱いて』と言ったり、マンションから逃げ出したりと、振り回している心当たりがありすぎる私は、次に続く言葉を失って押し黙る。

「椿は悪い子だ。もう俺の愛を疑わないように、今夜はしっかりと教え込まなきゃな」

そう言って、彼は私の首筋にきつめに吸いつき、その痕をぺろりとひと舐めする。

「ほら、今すぐ帰るぞ」

「〜〜〜っ。は、はい……」

私が頷くと彼は私の手から鞄を受け取り、空いている手で私の手を力強く握り込んで駐車場へ向かった。

＊＊＊

「ちょっ、ちょっと待ってください……良平さんっ、んんぅ」

良平さんは玄関のドアを開けて中に入り鍵をかけた瞬間、待てないとでも言うかのように荒々しく私の唇を奪った。

彼の胸を押しながら「待って」と言っても、彼は余裕を失った獣のように私の唇を貪り続ける。

玄関先には二人の鞄と、彼のジャケットやネクタイが散乱している。

「無理だ。本当は応接室で話している時から、椿に触れたいのを我慢していたんだぞ。もう待てない。それに教え込むって言っただろ」

「で、でも……っん、んんぅ」

彼は頬を上気させ獣のような目で私を見つめ、また唇を奪う。そしてそのまま縺《もつ》れ合うように寝室へとなだれ込んだ。

心臓がうるさい。そうは思っても、自分ではこの高鳴る鼓動を止められない。

私は電気が消えたままの暗い寝室のベッドに押し倒されながら、廊下から差し込む光を頼りに彼を見つめる。

そこにはとても綺麗な彼の顔があった。廊下と部屋の中の明暗が彼の鼻梁の高さをくっきりと際立たせている。

素敵な人……

見つめていると、また荒々しく唇を奪われた。

「りょ、良平さっ、ふぁっ」

息苦しいほどのキスを受けながら、唇の隙間から彼の名前を呼ぶ。でも彼からの返事はなくて、彼は私のシャツのボタンを外して、露わになった胸を揉みしだきながら、口内をぐるりと舐め回す。

「んんぅっ!!」

そして、ゆっくりと唇が離れた。

暗い部屋の中でも、二人の間を銀糸が引いたのが分かる。

ドキドキした。彼とのキスは私の心と体に悦びをくれる。悦びと恥ずかしさが綯《な》い交ぜになって、私のすべてが彼に釘づけになる。

それに昨日の夜とは違い、今日から同棲が始まる。彼と話し合ったおかげで必要以上に不安に思うことなんてないのだと分かったのもあって、心が浮つく。それは彼もなのだろう。とても性急な手つきに、同じ気持ちなのだということがよく分かる。

この性衝動に身を任せたい。素直にそう思った。

「椿、舌出せ」

「んぅっ」

彼はそう言って私の舌先を誘い出し、吸い上げた。甘く歯を立てられ搦め捕られると、頭の中が快感に染まり体がどんどん熱くなっていくのが分かる。

「んんっ、ふっ、はぁ……っ」

「ほら、いい子だから服も脱ごうな」

良平さんはちゅっとリップ音を立てて唇を離すと、シャツとスカートを脱がせ、ブラを取り払う。

露わになった首筋に舌を這わせ、そのまま緩やかに鎖骨を辿り胸へとすべらせた。

「あ……良平、さんっ」

形を確かめるように胸の曲線を舌でなぞりながら、もう片方の胸を優しく揉みしだく。

ショーツ以外何も身につけていない姿を見られて恥ずかしいのに、この先を期待してしまっている自分がいる。

恥ずかしさ以上に、もっとしてほしいと思っている自分を否定できなかった。

良平さん、私……

「椿の肌、好きだ。手に吸いつく」

その言葉に胸がとくんと高鳴る。

良平さんの『好きだ』という言葉が好き。

肌のことを褒められて気恥ずかしいのに、それ以上の嬉しさが私を包む。

「嬉しい、もっと言って……」

「好きだ。椿のこの可愛い手も、華奢な体も……」

彼はそう言いながら、私の手や体中に優しいキスをくれる。

「仕事に向き合う時は揺れることなく真剣なのに、俺を前にすると色々な感情に揺れ動く君の瞳も、可愛くて愛おしくて大好きだ」

瞼に優しいキスが落ちてきて、私はそっと目を閉じた。

泣きそう……。泣いてしまいそうなくらい嬉しい。

「嬉しい……！　良平さんっ……私も、私も、大好きです」

「それに、俺を誘うようにつんと立っているここも好きだぞ」

「ひゃっ！」

良平さんはニヤリと笑って、私の胸の先端に吸いついた。

彼のくれる愛の言葉とキスに浮かれて完全に油断していた私は、突然与えられた快感に驚き体を大きく跳ねさせてしまう。

「あっ……んぅ、ふぁ、あっ……ああっ」

彼は胸の感触を確かめるように揉みながら、二つの胸の先端を交互に舌先で舐《ねぶ》った。

やだ、気持ちいい。それ、ダメ……

あまりの気持ちよさに、縋《すが》るようにシーツを握る。

「あとは……そうだな。ここも好きだ」

「あんっ」

彼は熱い息を吐きながらそう言うと、私の脚の間に手を伸ばしてくる。ショーツ越しなのに恥ずかしいくらい湿った音がした。

は、恥ずかしい……！

彼の指がショーツ越しに秘裂をなぞるたびに、愛液があふれるのが分かってしまった。そんなにも濡れている自分が恥ずかしくて脚を寄せる。が、彼は私の抵抗など無駄だと言うように両脚をぐっと割り開く。

「きゃあっ」

「椿、びしょ濡れじゃないか。ショーツも俺の指もぐっしょりと濡れているぞ」

彼は愉しそうに笑いながら、愛液で濡れた指を見せつけてきた。そのぬめりを帯びた指を見せつけられて、慌てて顔ごと背ける。

そ、そんなのわざわざ見せないで……

羞恥で体温が著しく上がって、体が強張る。顔を上げられなくなった私を愉しそうに見つめながら、彼は耳元で揶揄《からか》うように囁いた。

「脱げよ。こんなに濡らしていたら気持ち悪いだろ？」

「え？　あ、あの……」

そんなこと、できない……

「ほら、見ていてやるから。脱げよ」

彼は羞恥と戸惑いに揺れる私の手を掴んでショーツへと導いた。でも、とてもじゃないが自分で脱ぐなんてできない。

縋《すが》るように彼を見つめた。

「良平さん、恥ずかしいの……。お願いします、貴方が脱がせて？」

「可愛いこと言うなよ。脱がせてやりたくなるだろ」

「良平さん……」

「でもダメだ」

なけなしの勇気を振り絞ってお願いしたのに、彼は私の頬に何度かキスを落とし「可愛い」と言いながらそれを一蹴する。

なんて残酷な人なんだろう……

「今日は椿が自分で脱いでいるところが見たいんだ。椿は昨日俺に全部くれるって言ったよな？じゃあ、自分で脱いで脚を開いて俺にすべてを曝《さら》せよ」

彼はニコニコと笑って、とても恥ずかしいことを命じる。

普段は優しくて甘いのに、ベッドの中では有無を言わせない。その一面が垣間見えると、なぜか逆らえないのだ。

私は痛いくらい跳ねる胸を押さえ、命じられるままにゆっくりとショーツを引き下ろした。その時、粘着質な糸を引いたショーツが視界に入ってしまう。

やだ、私。こんなに濡らして……！

ショーツはすでにぐちょぐちょだった。分かってはいたが、直視に耐えがたいくらい恥ずかしい。

「可愛い。こんなに濡らして、椿はいやらしいな」

「ひゃあっ！」

そう言った彼の手が花芽に伸びてくる。彼は花芽を捏ねながら、胸の先端に吸いついた。

「んっ……やぁっ、ああっ」

りょ、両方しちゃダメ……。気持ちよすぎるの……！

彼はどんどんあふれてくる愛液を指に纏わせながら、花芽を引っ掻くように捏ねる。その絶妙な力加減に腰が浮いてしまった。

「椿、可愛い。腰揺れてるぞ」

「ひうっ、あっ……言わないでっ、あっ！　それ、ダメなのっ……一緒にしちゃ、やだっ……」

「一緒に触られると気持ちいいんだろ？　好きだもんな。椿、ダメじゃなくもっとだ。ほら、言ってみろ」

そ、そんなこと言えない……！

恥ずかしさに耐えきれず顔ごと逸らした私を、良平さんは上目遣いで見つめながら舌にたっぷりの唾液を纏わせて、胸の先端を舐め上げ花芽を指先でこりこりと転がす。

「ひあっ、ぁんっ……りょ、両方、ダメッ、ふぁ、あっ」

こ、こんなの……すぐイッちゃう！

お腹の奥がずくりと疼《うず》いて、また愛液があふれた。

「あっ、ああっ！　やんっ、あっ……気持ちよすぎるのっ、やっ……ダメッ」

「だからダメじゃないだろ。ほら、ちゃんとねだれ。本当にここでやめていいのか？」

「だ、だって、あっ……あんっ」

彼は顔を上げて、右手の指で胸の先端を転がしながら、敏感な花芽を左手の指で弾く。

お互いの視線が絡み合って、恥ずかしくてたまらないのに、なぜか目を離せなかった。

彼の私を求める熱い眼差しに、ぞくぞくしてしまう。

良平さん、やめないで。もっと、もっとして……

「っ、お願いします……」

「何がだ？　ちゃんと言葉にして言え」

「～～っ、や、やめないで……。もっと触ってください……イカせてっ……」

彼に低い声音で命じられて、淫らな欲求に誘われるままにそうねだると、彼の目がぎらりと光った。その獣のような目に体がぶるりと震える。

「いい子だ。ちゃんと言えたご褒美をやらねぇとな」

「ひゃぁっ、あっ、ああっ」

良平さんはそう言って体を下にずらし、まだ閉じている花弁を舌で割り開くように秘裂をなぞった。

彼の舌が私の愛液をすくい取り纏わせ、花芽を舐め上げる。花芽に吸いつき、舌先で転がされるとお腹の奥がきゅうっとなって、私は思わず彼の髪に縋《すが》るように手を伸ばす。

「ん……そこ、ダメッ、あっ！」

「椿のここ、甘くて美味い。ほら、もっと出せよ」

「ああっ……は、っ……んぅ、ああっ」

愛液の分泌を促すように、口を大きく動かしてじゅるっと啜《すす》る。そして、敏感になって硬くなった花芽を舌で包み込んで吸った。

やだ、これダメ……。もう、もうイッちゃう！

目の前がチカチカする。私は限界を感じて、彼の髪を力強く掴んだ。

「りょ、りょうへ、い……さんっ、イッちゃ、イッちゃうのっ」

もっとしてほしい。でも舐められるだけじゃなく、彼のものを挿れられたい。ひとつになりたい。

「おねがっ、一緒にイキたいのっ……。欲しいの……」

良平さんは私の言葉に舌を離して、ゆっくりと顔を上げる。その唇は弧を描いていた。その表情を見た瞬間、体が期待に震える。

「可愛いな、椿。そんなおねだりができるようになるとは上等だ。なら、一緒にイケるように我慢しろよ」

彼は私の頭をひと撫でし、鼻歌混じりに中途半端に脱いでいたシャツをベッドの下に脱ぎ捨て、スラックスや下着も脱ぎ落とした。

その一部始終から目を離せない。

「椿のえっち。見るなよ」

「だって……ドキドキして……目が離せないんです」

「なら、そのまま目を離さずに自分が俺にどう食われるのか見ておけ」

ベッド横の棚から、避妊具を取り出して口で開けながらニヤリと笑う。

その姿に淫靡《いんび》さを感じてドキドキした。まだ彼に中をほぐしてもらっていないのに、先ほどまで舐められていたそこはもうとろとろになっていて、彼のものを迎え入れることを今か今かと待ちわびている。

良平さん……。早く、早く、貴方とひとつになりたいの。

「挿れるぞ。目を逸らすなよ」

「は、はい」

蜜口に熱く聳《そそ》り勃った昂りをあてがわれてごくりと息を呑み、私は何度も頷いた。

早く貴方が欲しい……

「あっ……あっ、ああっ！」

ずぷっと押し入ってくる彼の硬い屹立に歓喜の声が漏れる。愛液がたっぷり分泌されているそこは痛みなんてなくて、あるのはとても大きな快感だけだった。

熱い……良平さんの熱い……！

「ひっ、あっ、ああぁぁっ!!」

内壁を押し広げながら、深いところまで入ってくる熱に、体が大きく仰け反って頭の中が白く染まる。

熱くて熱くて、とても気持ちいい。

私は身悶えながら甘い息を吐き、挿れられた刺激だけでイッてしまった。それでもおさまらず、体の震えが止まらない。

「ああっ、は、ぁ……ぅ、ああっ」

「こら、一緒にイクんじゃなかったのか？　ちゃんと我慢しろよ」

彼はクスッと笑って、緩やかに腰を揺する。

でも気持ちよすぎて、とてもじゃないが我慢なんてできなかった。

「あっ、あっ……りょ、りょうへいさっ、やぁっ、我慢できないのっ」

「ダメだ。ちゃんと我慢しろ。一緒にイキたいんだろ？」

彼は嗜虐《しぎゃく》的に笑って、ぎりぎりまで引き抜き一気に奥を穿った。

「――っ！」

とても大きな快感に耐えきれず彼に縋《すが》りつく。彼の背中に爪を立てて、快感を逃そうとはくはくと息をした。

待って、待って……私、イッたばかりなのに……！

「あ、あ、あぁっ……」

彼は絶頂を味わったばかりの体を激しく貫く。余韻を感じる暇もなくまた高められて、息がうまくできない。

「椿。一緒がいいんじゃなかったのか？　少しは我慢をしてみろ」

彼は抱き縋《すが》る私の胸の先端を指で転がしながら、耳元でそう囁く。我慢なんて到底無理だった。

「ひあぁっ、やぁ……無理っ、我慢できなっ」

「仕方がないな……。なら、もっと乱れた君を俺に見せろよ」

彼は喉の奥でくっと軽快に笑い、最奥を抉るように深く穿つ。雁首に内壁を擦り上げられ、何度も何度も突き上げられて、その強すぎる快感に震えが止まらない。

体が言うことをきかないくらい気持ちいい。

「はぁっ、すごいな……。金曜日の夜に俺のものを初めて受け入れた時は痛い痛いと泣いていたのに、今はこんなにも悦んで俺を呑み込んでいるなんて、感動だ」

彼は私の脚を大きく開き、愛液をしとどにあふれさせている蜜口を見つめながら熱い息を吐く。

彼の上擦った声に恥ずかしさが一気に襲ってくるのに、次の瞬間には快感へと塗り替えられてしまう。

「やぁっ、言わないでっ、ひぅっ、やっ……深いのっ、奥、だめぇっ、ああっ！」

子宮口を鈴口でぐりぐりされると、目の前に火花が散った気がした。

今日は火曜日……。彼に初めて抱かれてから、まだ四日しか経っていない。それなのに、私の体は彼に貫かれる悦びを覚えて求めるようになってしまった。

好きな人に抱かれる。しかも心が通じ合った人にだ。その多幸感が、さらに性感を引き出す。でもまだセックスを知ったばかりなのに、こんなにも気持ちよくなりすぎるのはやっぱり少し恥ずかしい。

私ってはしたないのかしら……

そんな自分を指摘されて恥ずかしくてたまらないのに、全部彼によって引き出されたものだと思うと、恥ずかしさ以上に嬉しさが勝《まさ》る。

私は彼の頬に震える手を伸ばした。

「わ、私が……っ、どんなに、はしたなく、なっても、愛して……っ、くれますか？」

「当たり前だろ」

彼は即答しながら、私の伸ばした手に自分の手を絡めてキスをくれる。

「むしろ、エッチな椿は大歓迎だ。まさか、まだ俺の愛が伝わっていないのか？　じゃあ、もっと教え込まないとな」

「えっ？　ち、違っ……ああっ」

疑ったつもりじゃなかったの……！

彼はニヤリと笑って抽送を激しくする。

腰を打ちつける音が部屋中に響いて、大きく見開いた目からは涙がこぼれ落ちた。

「ひっ、あっ、ああっ……待っ、も、もぅ」

「なんだ？　またイキそうなのか？　本当に可愛いな、君は。もっと快感を教え込んで、ぐちゃぐちゃにしてやりたくなる」

彼は褒めるように私の頭を撫でて額にキスをする。

「愛してる。椿は少しも不安に思うことなんてないんだ。どしっと構えて愛されていろよ」

「ひあっ、ぁあっ……好き、わ、私も、良平、さんっ、好きっ、愛し――っ！」

体を起こした良平さんが、私の腰を掴んでズンッと突き上げた。そのせいで「私も愛してる」と伝える前に、言葉が嬌声に呑み込まれてしまった。

「ああっ、はぅ、んあ……あぁっ」

「愛してるでイクとか可愛すぎだろ。これ以上俺を煽るなよ」

ベッドにぐたっと四肢を投げ出している私に何度も可愛いと言いながら、触れるだけのキスを落とす。そして彼は、私の腰の下に枕を差し入れて腰を高く上げた。

「え……？　何？」

「大丈夫だから、椿は何も考えずに俺に溺れていろよ」

どうして枕を腰の下に入れられたのか分からず戸惑うと、彼は私の頭を撫でる。

「椿」

「ひゃっ、ああっ！」

彼は愛おしそうに私の名前を呼んで、高く上げた腰を掴んで奥深く穿った。

最奥を抉るように押し上げられて、圧迫感で苦しいはずなのに、奥深く挿入り込んでくる彼のものが私を彼色に染めていくようで、とても嬉しかった。

あぁ……もっと、もっとして……

彼が私を強く抱いてくれればくれるほどに、満たされていく。求められて愛されているのだと体に教え込まされている感覚は、ひどく甘美だった。

「あっ、ああっ……すごいっ、いっぱい……中、良平さんので、いっぱいっ……」

「バカ……煽るな。言っておくが、今の時点でかなり浮かれているんだ。本当に加減ができなくなるぞ」

そんなの私だって同じだわ。

二人のベクトルが合わさった。ある意味、今日はそのスタートだ。嬉しさを抑えられるわけがない。

「ひっ、ああっ……いいのっ、加減、しないでっ……はぁ、っはぁ、もっと、もっと、貴方の愛を教えてっ……」

「っ！　言ったな？　もう泣いても止まれないぞ」

私の言葉に彼の目がぎらつく。その捕食者のような眼差しにドキドキした。

良平さん……

陶酔した気分で彼に手を伸ばすと、抱き締めてキスをくれる。でも上のほうでは甘やかなのに、下のほうでは凶悪だ。絶えず私のいいところを擦り上げている。

嬉しかった……。彼の思うように愛という名の感情をぶつけられ抱かれるのは、とても心地いい。

もっと、もっと、貴方を刻み込んで……

幸せすぎて涙が止まらない。

「椿、気持ちいいか？」

「は、はいっ……気持ちいっ、ですっ」

彼は腰の動きを緩やかにして泣いている私の頭を撫でて、キスで涙を拭ってくれる。

泣いても止まれないと言いながらも、彼は私が泣くとこうやって優しいキスをくれるのだ。それが嬉しくて、また涙がぽろぽろとあふれてくる。

「そんなに泣くなよ。体、辛いか？」

「ち、違います……っ、嬉しくて、幸せだからっ」

ぎゅっと抱きつくと、良平さんは「俺も幸せだ」と言って、私の唇をキスで塞ぐ。口内に入ってきた舌が絡みついて吸いつき、呼吸すらも甘やかなものに変えていく。

彼は徐々に抽送を大きくし、大胆に腰を動かす。

「んっ、んんぅ……ふぁっ、ぁ」

気持ちいい……！　私、また、またイッちゃう！

愛液をあふれさせとろとろになった膣内は蠕動《ぜんどう》し、彼のものを扱き上げる。

「っ、そんなに締めるなよ。出ちゃうだろ」

「出してっ、出して、ください。一緒……一緒がいいのっ」

彼の苦笑いにこくこくと頷きながらねだると、彼は「仕方がないな」と笑いながら、ズンッと奥を穿った。いやらしい音を響かせて、どんどん高められていく。

「はぁ、っ、あぁ……も、もぅ、イッちゃ……イッちゃう、あぁ、ひっ、ぁあっ」

気持ちがよすぎて、彼に縋《すが》りつくことしかできない。彼はそんな私の額にこつんと額を合わせると、「そろそろ一緒にイこうか？」と優しく微笑んでくれた。

彼の言葉に涙で滲む目で頷くと、彼は上体を起こし、私の脚を体につくくらい折りたたんで上からのしかかってくる。

「ひあぁっ！」

子宮を押し上げるほどに深く挿入され、その衝撃に目を大きく見開く。

やぁ、深い……！

「んっ、ああっ！　はぅぅっ、ふあぁっ」

彼の熱い昂りがこれ以上ないくらい私の中を押し開き、奥深く挿入り込む。

変になってしまいそうなくらい強い快感に私は咽び泣いた。

「椿」

名前を呼ばれた瞬間、ずずずっと引き抜かれ、一気に奥まで穿たれる。最奥を押し上げ突き上げられたのと同時に、私は彼に爪を立て足先までピンと力が入った。

も、もうダメ！

「あぁぁぁぁっ!!」

目の奥で明滅を繰り返して、視界が一気に真っ白に染まる。彼はその反応を逃すまいと、一層強く腰を打ちつけ、私の中に熱いものを放った。

あぁ、火傷しちゃいそう……

達した余韻で頭がふわふわしたまま、そんなことを考えながら私の中から出ていく彼を見つめる。

彼は使用済みの避妊具を手早く処理し、新しい避妊具を装着した。

え……？

その光景に目を瞬かせる。

「良平さん？」

まさか……

「まだ終わりじゃねぇぞ。言っただろ。止まれないって」

彼はそう言って私の右足首を掴んで踵にキスを落としながら、熱い昂りをぬるぬると蜜口に擦りつける。

彼の獣のような目に蜜口がひくひくとうごめいたのが自分でも分かってしまった。

「あっ、ふぁあっ……」

彼は私の踵にキスを落とす舌を滑らせながら、ゆっくりとまた中に挿入ってきた。

その刺激に跳ねてしまう私の体を愉しそうに見つめながら、踵から足の裏へと舌を滑らせて、足の指を一本一本丁寧に口に含んだ。

「椿は足も弱いのか？　特に指を甘噛みすると、中がよく締まる」

「はぅっ！」

彼は目を細めて、私の親指に甘く歯を立てる。その瞬間、びりびりとしたものが走った気がして、私は目を大きく見開いた。

「すげぇ。中うねってる。こんなふうに噛まれるのが好きなのか？」

「ひうっ、やっ……違っ、違うの」

「違わねぇだろ。繋がってるから、君の反応は手に取るように分かるぞ」

彼はニヤリと笑いながら、また私の足の指に歯を立てる。右足を舐め終わったら、左足もゆっくりと丁寧に舐めて、また噛むのだ。

おかしくなりそう……

彼に足を舐めさせているという背徳感が私を翻弄する。

彼は緩やかに腰を動かしながら、足の指を甘噛みされて身悶えている私を愉しそうに眺めている。全部見透かされていて恥ずかしいのに、彼に暴かれることに悦びを感じている自分を否定できなかった。

「椿の感じるところを一つ一つ発見するたびに、俺も嬉しい。だから、隠すなよ」

彼はそう言って、腰の動きを速めてくる。

彼の言葉にときめいた次の瞬間には大きな快感が私を襲って、思わず彼の腕に爪を立ててしまった。

「ひあぁあぁっ！」

これダメ……気持ちよすぎる……！

激しく出し挿れされ、快感に打ち震える。この体は彼に貫かれて感じきった甘い声しか出せない。何をされても気持ちよくてたまらない。

良平さんは引っ切りなしに嬌声を上げて体を震わせる私を抱き締め、首筋や鎖骨にきつく吸いついた。まるで所有の証をつけるように赤い痕を散らしていく。

「あっ、ああっ……はぅっ、見えるところ、に……つけちゃ、ダメッ」

「嫌だ。椿は俺のものだって、しっかりとしるしをつけとかねぇと……」

彼は駄々を捏ねるように私の首筋に顔をうずめ、きつく吸いつき、下肢へと手を伸ばす。そしてその間にある花芽を指で捏ねながら、奥深く硬い屹立を捩じ込んだ。

「ひうっ、ぅあっ……ああ……」

深い……

子宮口をこじ開けそうな勢いで捩じ込まれて、苦しい。苦しいのに気持ちいい。

彼は目を細めて、私を愛おしそうに見つめながら、興奮しきった声で名を呼ぶ。

「椿」

「あっ、ああっ……りょうへいっ、ひっ、ああっ！」

激しく腰を打ちつけられて、ぷしゃっと何かが飛び散り、彼のお腹を濡らしてしまった。

あ……私、潮を……

吹いてしまったものが何かを自覚すると、カァッと顔に熱が集まって羞恥心が襲ってくる。

やだ……どうしよう、私……

でも本当に出るんだという驚きも相まって、なんだかちょっと不思議な気持ちだ。

「可愛い。そんなに気持ちいいか？」

「はぅっ、あっ……やっ、そんなにしたら、またイッちゃ、ゆ、ゆっくりっ、あっ、やあ――っ！」

彼は嬉しそうな表情で、初めての潮吹きにそわそわしている私に口づけた。

深まるキスと抽送でまた達してしまった私の最奥で彼のものが大きく脈打つのを感じながら、法悦に浸る。

「はぁっ、はぁっ、ふ、っ……ぅっ」

「愛している。俺の、俺だけの椿」

彼の言葉に「私も」と返事をしたかったが、私の意識はそこでぷつっと途切れてしまった。

＊＊＊

「ん……」

あたたかい……。それに気持ちいい……

私は誰かに頭を撫でられている感覚に、ゆっくりと目を開けた。

「起きたか？」

目を開けると、ベッドに座っている良平さんと視線が絡み合う。

えっと……

眠気でボーッとしてしまい、一瞬思考が飛ぶ。でもすぐに戻ってきて、この状況を理解した。

あ……そういえば、私たち会社から帰ってきてそのまま……

思い出すと恥ずかしい。

私は熱くなった頬を隠すために布団を顔まで引き上げ、目だけを出して彼を見つめた。すると、彼が覗き込んでくる。

「体辛いのか？　無理をさせてすまなかった」

彼は気遣わしげに私の頭をまた撫でる。体を心配してくれる彼に小さく首を横に振って、ゆっくりと体を起こした。

「いえ……、大丈夫です。ありがとうございます」

「帰ってくるなり、食事をとる前からがっついて悪かった」

「そんなことありません」

体を起こす私を支えてくれる彼に、先ほどよりも大きく首を横に振る。

そんなことを言ったらお互いさまだ。私だって彼に抱かれたいと望んだ。だからそれについて彼が謝るのはおかしい。

ん？　あら……

ふと視界に自分の体が入り、良平さんのシャツを着ていることに気がついた。

そういえば、体にべとつきもない。

彼が終わったあとに丁寧に世話をしてくれたのがよく分かって自然と頬が綻んだ。

彼の心遣いが嬉しい。

「体拭いてくれたんですね。ありがとうございます」

「ん？　ああ。一応な……。あのままじゃ色々と気持ちが悪いだろ？　それより腹減っていないか？　用意しておくから、先に風呂に入ってこいよ」

「はい」

こくんと頷くと、「いい子だ」と言いながら私の手を引き立たせてくれる。

言われてみればお腹が空いている。帰ってきてから、結構な時間をベッドで過ごしていたのだから当然といえば当然なのかもしれない……

「そういえば、今何時ですか……？」

「今は二十二時くらいだ」

視線を彷徨《さまよ》わせて時計を探すと、見つけるよりも早く良平さんが答える。

二十二時……ということは帰ってきてから三時間半くらいかしら。思ったより経っていなかったわね。

「椿」

「は、はい」

呼ばれて反射的に彼に視線を向けると彼は柔らかく微笑んでいて、バスルームまで手を引かれる。

「ほら、風呂入ってこいよ。そのままじゃ気持ち悪いだろ？」

「あ、あの……良平さんは少しでも休めましたか？　私のお世話ばかりしていて、休めていないいんじゃないんですか？　お体は大丈夫ですか？」

「そんなに心配しなくても大丈夫だ」

矢継ぎ早に質問する私を彼はくつくつと笑いながら、頭をぽんぽんと軽く撫でる。

だって……。そりゃ心配しちゃうわよ。良平さんったら、自分の休息より私の世話ばかりなんだもの……

私がじっとりとした目で彼を見ると、頬にキスが落ちてくる。

「良平さん……」

「俺は大丈夫だから、ゆっくり温まって疲れを少しでも取ってこい」

良平さんも疲れているくせに……

「良平さんはお風呂入りましたか？」

「ん？　ああ。シャワーを浴びたから大丈夫だ」

「それじゃあ、疲れが取れませんよ……。あ！　じゃあ、食事の後片づけは私がするので、良平さんはこのあとはゆっくり休んでくださいね」

「ああ。じゃあ、頼もうかな」

二人でバスルームに向かいながら微笑みかけると、彼も微笑み返してくれる。

このあとは、私が彼を気遣う番だわ……

私はそう心に決めて、彼が脱衣所を出ていったのを確認してから、シャツを脱いだ。

そして脱いだシャツをジッと見つめる。

「こ、これが世に言う彼シャツってやつよね？」

初めて着たわ……。まあ良平さんが初めての相手なので当たり前なのだけれど……

「なんだかドキドキしちゃう……」

私は高揚する気持ちに従い、ぎゅっと彼のシャツを抱き締めてみた。すると、温かい気持ちが私を包む。

なんだか嬉しい。それにとてもいい香りがする。落ち着く彼の香り……

「そういえば、椿……」

シャツに顔をうずめていると、突然脱衣所のドアを開けた良平さんと目が合う。

「きゃああっ！」

見られた！　良平さんのシャツの香りを嗅いでいるのを見られた！

私は自分が裸になっているという事実より、そちらのほうにパニックになり慌てて後退りバスルームのドアに背中をぶつけて転んだ。

「痛っ……」

「椿！　大丈夫か？　驚かせて悪かった。鞄の中からパジャマと新しい下着を取ってきたと言いたかっただけなんだ。怪我をしていないか？」

「だ、大丈夫です。ありがとうございます……。ごめんなさい……」

彼は私の手を引いて起き上がらせてくれる。そしてぶつけた背中とお尻をさすってくれた。

恥ずかしい……

昨日からよくバスルームで転ぶ奴だと思われていたらどうしよう……。それに、シャツの匂いを嗅いでいるところも見られちゃった……

うう、色々恥ずかしくて耐えられない。

だが、彼はシャツのことには言及せずに着替えを渡してくれた。

「……ありがとうございます」

「椿。昨日みたいに滑らないように、くれぐれも気をつけて風呂に入るんだぞ。どうも椿は仕事中以外はふわふわしているから心配なんだよな。大丈夫か？」

「大丈夫です。ごめんなさい」

それに関しては本当に申し訳なく思っている。実際、ここ最近良平さんにドキドキしっぱなしで注意散漫なのは否定できないし、昨日バスルームで滑って転んだのも事実だ。

本当に気をつけなくちゃ……！

私はとほほと肩を落としながら、「気をつけます」と言って、バスルームに入った。

はぁ～っ、とりあえず食事の用意をしてくれている良平さんを待たさないように、手際よく髪と体を洗いましょう。

滑らない、転ばない、そしてスピーディーにお風呂に入るのよ、私。

私は当たり前のことに決意を固め、バスチェアに座って頭からシャワーを浴びた。

えっと……シャンプー、シャンプー。

一度お湯を止めて目を瞑《つぶ》ったまま、手探りでシャンプーを探す。

あれ？　ない……？

そう思い、勢いよく顔を上げた瞬間、手にシャンプーが当たって棚から落ちそうになったのが視界に入る。

「あっ！」

慌てて両手を伸ばしてそれを受け止め、はぁ～っと安堵の息をついた。

あ、危なかった……。これを落としていたら、絶対に大きな音が鳴っていたわ。そうすると、良平さんにまた心配をかけてしまうところだった。

「本当にしっかりするのよ、私」

小さなミスがいずれ大きな失敗に繋がることはよくあることだ。滑って転んだり、シャンプーを落としたりするくらいなら問題はないが、このまま注意散漫が続くと、いつか仕事で大きな失敗をしないとも限らない。

私は両頬をパシーンと叩いて自分に気合いを入れ、髪を洗いはじめた。

＊＊＊

その後は何も失敗することなく、無事にお風呂から上がった私はいそいそとリビングへ向かった。

「おかえり、椿」

「お待たせしました」

包み込むように抱き締められて、くすぐったいけれど嬉しい。私は、はにかみながら良平さんの胸にすり寄った。

「俺と同じ香りがする。いいな、こういうの……」

そう言って、私の頭に頬擦りをする彼に、「私も嬉しいです」と微笑み返す。すると、彼の手が髪を梳《と》くように撫でてくれた。

「まだ少し髪が濡れているぞ」

「え？　そうですか？」

良平さんが髪を梳《と》きながらそう言ったから、私は自分の毛先に触れてみた。

確かにまだ少し濡れている。

「ごめんなさい。良平さんと早くご飯が食べたくて慌てちゃいました。でも、これくらいすぐ乾くので大丈夫ですよ」

「いや、ダメだ。風邪ひくぞ。ほら、乾かしてやるからドライヤーを持ってこい」

「はーい」

優しい声音で注意されて、私はそそくさとドライヤーを持ってきて彼に渡した。そしてソファーに腰掛けた彼の脚の間に、ちょこんと座る。

彼は優しく私の髪に触れながら、ドライヤーの電源を入れた。心地いい温かい風が髪に当たって、そっと目を閉じる。

良平さんの手が髪に触れると気持ちいい。

「椿の毛は気持ちいいな。柔らかくてふんわりとしていて、ずっと触っていたくなる」

「そうですか？　良平さんが好きなら、もう少しちゃんと手入れします……」

「ん？」

彼が首を傾げたので、私は仕事ばかりで髪にまで気を回していなかったことを伝えた。

「いつもはもう少し伸びて……鬱陶しく感じてくる頃に美容院に行って、ばっさりと切ってもらうか……、たまにお母様かお兄様のどちらかに捕まり美容院に引きずられていくかのどっちかだったんです」

私の言葉に良平さんがドライヤーを止めながらクスクスと笑う。

「なら、これからは俺が手入れしてやるよ。いいトリートメントがあるんだ。明日から風呂のあとは洗い流さないトリートメントをつけてブローをしよう」

そう言って背後からぎゅっと抱き締めてくれる。

良平さんが髪の手入れを……

「嬉しいです」

「これから仕事後や休日は二人で過ごす時間を増やしていこうな。美容院に行く時は一緒に行こう。連れて行ってやる」

「はい」

私が頷くと、彼は柔らかく笑って私に優しいキスをくれた。

＊＊＊

「そういえば、社長と専務がなんだって？」

食後、紅茶を淹れるお湯を沸かしながら、食洗機に食器を入れている椿に問いかける。すると、彼女はその手を止め、きょとんとした。その表情が可愛すぎて、一瞬目を奪われてしまう。

椿は以前から可愛かったが、こんなにもだっただろうか。あの日、彼女の想いに触れ、彼女を抱いてから、その可愛さが日に日に増していっているように感じる。あの日までの自分の目が節穴だったと思うほどに、それは顕著だ。

やばいな。凄まじい勢いで落ちていっている気がする。恋は落ちるものだとは聞くが、ここまでとは……。いざ自分が経験してみないと分からないものだな……

「お父様とお兄様ですか？」

「あ、ああ。帰る時に二人のメッセージを確認していたと言っていただろ？　同棲のことで何か言われたんじゃなかったのか？」

彼女の可愛さに一瞬逸れそうになった思考が戻ってくる。俺は帰り際に彼女が言っていたことについて訊《たず》ねた。

「えっと……お父様が次の休みの日に良平さんを連れて帰ってきなさいと言っていました」

「本当か？　それは嬉しいな。ぜひとも挨拶に行こう。認めてもらえるように頑張るよ」

「いえ……。お父様に『認めない』という選択肢はないと思います。むしろ良平さんの普段の仕事ぶりから、信用ができる相手だと大喜びしているに決まっています。会いに行けば、確実に結納や結婚の話が出てきそう……」

はぁ〜っと大きな溜息をつく椿の言葉に小さく目を見開く。

付き合ったばかりでやや強引に同棲に持ち込んだので怒鳴りつけられる覚悟をしていていたんだが、まさか喜ばれているとは……

少し困った顔をしている彼女とは対照的に、俺は嬉しさから顔が綻ぶのを止められなかった。その想いを隠さずに彼女に微笑みかける。

「俺としては結納や結婚まで話が進むのは大歓迎だ。すぐに結婚とはいかないまでも、とりあえず婚約はしておければ安心だよな」

「えっ？　婚約？」

俺の言葉に椿が驚いてマグカップを落としそうになり、慌てて持ち直す。俺はそんな彼女を見てダイニングチェアから立ち上がり、キッチンにいる椿に近づいた。そして背中から抱き締め、マグカップをその手から取り上げる。

「そんなに驚くなよ。愛してるって何度も伝えているだろ。椿は？　椿はどうなんだ？　社長に挨拶をして正式に婚約や結婚が決まるのは、嫌か？」

「嫌じゃ、ありません。私が好きなのは貴方だけです。これから先もそれは絶対に変わらないと思うので、私としては形のある約束ができるなら嬉しいと思っています。ただ……ここ最近目まぐるしく自分の置かれている状況が変わっているので戸惑ってしまって……」

まあ確かに……

こういう関係になって、まだ一週間も経たずして同棲やら親への挨拶やらと話が一気に進んでしまっているのは分かっている。そりゃ戸惑うだろ。せっかちすぎだという自覚はもちろんある。

俺だって最初から、ここまで一気に話を進めるつもりはなかったんだが……如何せん椿が可愛すぎるのが悪い。

「椿はふわふわとどこかに行ってしまいそうだからな。こうやって捕まえていないと……」

「良平さんったら。私はどこにも行きませんよ」

一層強く抱き込むと、腕の中で椿が可愛らしく笑う。

本当に可愛すぎだろ。帰ってきてから二回も彼女を抱いたのに、また押し倒したくなるじゃないか……

俺は己の劣情に苦笑いをして、椿の額や瞼、頬、唇へと軽いキスを落とす。その間、彼女は毛繕いされている猫のように気持ちよさそうに目を閉じている。

「椿。俺はもう君を手放す気はない。手放せない。絶対に幸せにすると誓うから、俺と結婚してほしい」

彼女の左手を持ち上げて薬指にキスをしながら囁くと、彼女の顔が見る見るうちに赤く染まっていく。そして何度も頷いた。

椿……。あぁ、なんて愛おしいんだ。

今ならスピード結婚をする人間の気持ちが痛いほどに分かる。皆、見つけたのだ――自分だけの相手を。そこに早いも遅いもない。

「なら、次の休みに指輪を選んでから社長にご挨拶に行こう」

「はぅ」

「椿、返事は？」

「は、はい……行きたい、ですっ」

彼女の薬指に吸いつきキスマークをつけて指輪の予約をすると、彼女は体を小さく跳ねさせて俺の腕にしがみついてくる。

「可愛い。ほら、湯が沸いたみたいだぞ」

「はい……」

「椿の好きな紅茶を淹れようか」

腕にしがみついている椿を反転させて向き合う形で抱き締める。彼女の髪を耳にかけ耳元に唇を寄せると、彼女は突然ハッとした表情で顔を上げた。

「良平さんは疲れているんですから座って休んでいてください。紅茶は私が淹れますから……」

「いや、疲れているのは椿のほうだろ。これくらい俺にやらせろよ」

「ダメです！　良平さんは美味しい夕食を作ってくださったんですから、次は私が美味しい紅茶を淹れる番です」

少し頬を膨らませた彼女に背中をぐいぐいと押され、キッチンを追い出されてしまう。

「分かった。椿が淹れたのを飲みたいから大人しく待っている」

彼女の膨らんだ頬に手を伸ばして唇を奪ってから、俺は鼻歌混じりにダイニングチェアへ座り直した。

椿は俺がキスした唇を両手で押さえながら、頬を赤らめている。耳まで真っ赤だ。

「可愛いな、本当に可愛い。そんなに可愛いと襲うぞ」

「〜〜〜っ、りょ、良平さん……」

「冗談だ、冗談。明日も仕事なのに、これ以上君に負担はかけられない」

俺がそう言って笑うと、椿は少し残念そうな顔をしたあと、「少しくらい大丈夫なのに……」と小さな声で呟いた。

「っ！　頼むからやめてくれ……」

「え？」

俺はダイニングテーブルに肘をつき、深い息を吐いて、己を落ち着けようと試みた。

頼むから無自覚に煽らないでほしい。

「何がですか？　あ、そういえば……相談があるんですが……」

「相談？」

椿は先ほどの呟きが俺に聞こえたなんて露ほども思っていないのだろう。俺の反応に首を傾げながら、紅茶が入ったマグカップを二つ持って近寄ってくる。

「お兄様ったら、お父様含め役員の方々に私たちのことを報告しちゃったんですって。だから、社内に私たちの交際が知れ渡るのは時間の問題だと思います。隠すつもりはないけど、わざわざ皆に言うのは違いますよね……。どうします？　せめてこれ以上吹聴してまわらないでって言っておきますか？」

おろおろと困った顔をしている彼女からマグカップを受け取り、俺は今朝の専務とのやり取りを思い出した。

実は――今朝椿と駐車場で別れたあと、本社ビルの入り口前で専務に「見ぃちゃった」と言われ、捕まったのだ。その上、昨日の帰り際の俺たちのことも見ていたらしく、彼はすぐに社内に噂が回るように手を打ったと言っていた。

なるほど。役員たちにも話してくれたのか。上層部からの理解が得られるのは、俺としても都合がいい。

　俺は紅茶を一口飲んだあと、口を開いた。

「それくらい許してやれよ。椿が心配なんだ」

「心配？　なら、そっとしておいてくれたほうが嬉しいのですが……」

「専務は、『僕が君たち二人を応援していて、その邪魔をする者は絶対に許さないつもりだ』という噂もセットで流しておけば、俺に片想いしている女性社員から少しは君を守れるはずだと言っていた。だから、許してやれよ。専務なりの兄心なんだ」

　椿は俺の言葉を聞いて、目を瞬かせた。

　と言っても、俺に片想いしてる奴なんてもういないと思うけどな……。告白してきた人たちは全員断ったし。それに……

「俺としては、そんなふうに陰から専務に守ってもらわなくても椿を守る自信はある。いや、これからは絶対に俺が守ると約束する。だから、不安なことや何か困ったことがあったら、ちゃんと言えよ」

「はい、ありがとうございます」

　そう言って少し照れながら嬉しそうに微笑んだ彼女の笑顔が眩しくてたまらない。

　俺は湧いてくる劣情にかぶりを振って、椿が淹れてくれた紅茶をぐいっと飲んだ。

4

わぁ、すごい人……！

今日は昼過ぎから良平さんと一緒に実家へ挨拶に行く予定だ。なので、先週約束したとおり指輪を買いに来たのだが、土曜日のデパートは中々に混雑していて圧倒される。

休みの日は、休日出勤をしているか自室で論文や本ばかり読んでいる引き込もりの私にはこの人混みは中々にハードルが高い。

私はごくりと息を呑んで、良平さんのジャケットの裾を掴んだ。

「……混んでいますね」

「ああ。はぐれないように気をつけろよ」

「はい」

良平さんは私の手を取り繋いでくれる。

はぐれないように配慮してくれる彼に、嬉しさで胸が温かくなると同時に手から伝わる体温に胸が高鳴った。

「とりあえず、宝飾品を扱ったブランドの店に行けばいいか……」

「そうですね……」

い、いよいよだわ。

私はまた息を呑んだ。

良平さんのことはもちろん大好きだし、結婚を前提にお付き合いしようと言ってくれた彼の言葉に異議はない。でもこういうところに来て、いざ指輪を買おうとなると緊張してしまい、どうしていいのか分からなくなってしまうのだ。

お店の中に足を踏み入れた瞬間、急速に脈拍が上がる。

私みたいな研究バカが、果たして良平さんを幸せにできるのかしら？　本当は彼にはこういうキラキラしたジュエリーが似合う女性が相応しいのではないの？

という考えが頭の中をぐるぐる巡り出して、目が回りそうになってくる。

ダメよ、変なこと考えちゃ……。良平さんも以前、『こんな私がとか言って自分を卑下するな。卑屈になるな』って言っていたじゃない。しっかりするのよ、私。

場の雰囲気にのまれて負けそうになる自分を奮い立たせていると、彼は足を止めて私のほうに顔を向けた。

どうやらジュエリーカウンターに着いたようだ。ショーケースの中でキラキラと輝くジュエリーたちにごくりと生唾を呑み込む。

「椿はどんなものが好きなんだ？」

「……どんなものと言われましても、こういうのはよく分からないんです。それに、こういう場は不慣れでして……」

苦々しく笑うと、彼がふっと笑って頭を撫でる。私が顔を上げると、優しげな眼差しの彼と視線が合う。

「まあ、場の雰囲気に圧倒される椿の気持ちも分からんでもないが、少しだけ我慢してくれ」

「もちろんです。雰囲気に負けないで任務をまっとうします！」

私が自分の両手を握り締めてそう言うと、彼がプハッと噴き出した。

え？　どうして笑うの？

肩を震わせながら笑っている彼にきょとんとして首を傾げる。

「指輪を買いに来て、そんなふうに挑むような目をするなよ……っく、ふっ、ふはっ、戦いに赴く武士じゃないんだぞ」

「だ、だって、それくらいの気持ちで奮い立たないと、場の雰囲気に負けちゃいそうなんです！　そんなに笑わないでください！」

良平さんは一頻り笑ったあと、色気たっぷりの視線を私に向けてきた。

そんな目で見たって誤魔化されない。今、散々笑ったのを忘れてあげないんだから。

私がそんな思いを込めて良平さんを睨《にら》むと、彼はそんな私の頭をぽんぽんしたあと、カウンターにいる女性店員に声をかけた。

「これを見せてください」

「はい、畏まりました」

え？　もう決めたの？

目を瞬かせながら二人のやり取りを見ていると、店員がショーケースの中からイエローダイヤモンドでミモザの花の形を模した指輪を出してくる。

「あ、可愛い……」

つい素直な気持ちが口をつく。私は拗ねているのも忘れて身を乗り出し、その指輪を見つめた。

「だろ？　西洋では三月八日のミモザの日には男性から女性に日頃の感謝や尊敬の念を込めて、ミモザをプレゼントするのが慣習としてあるんだ。もうすぐその日だし、ちょうどいいと思ってな」

「へえ、そうなんですね……」

確か三月八日って国際女性デーだったわよね？　海外では、そんなふうにお祝いをするのね……

「それにダイヤモンドは世界で最も硬い鉱石と言われていることから、その硬いダイヤモンドに『男の堅く揺るがない想いを込めて愛しい人に示す』とも言われている。簡単なことで不安になって変な方向に考えがちな椿にはいいと思うんだが、どうだ？　これを見たら、俺の君への愛と感謝の気持ちが生半可なものじゃないって思い出せるだろ？」

「良平さん……」

「椿は場の雰囲気だけじゃなく婚約指輪ってことにも怖気づいていそうだしな。だから、これはただのペアリング程度に考えてくれればいい」

彼の優しい表情と言葉に、胸がじんわりと熱くなる。

簡単なことで怖気づいておろおろしてしまう私に呆れることなく、寄り添ってくれる。そのことがとても嬉しかった。

私にはもったいないくらいステキな人……

私がつい泣いてしまうと、彼は「泣くなよ」と言いながら、私を皆から隠すように抱き締めてくれる。

「良平さん……。お店なのに、ごめんなさい」

「椿が泣き虫なのは知ってるから気にするな。それより、指のサイズを測ってもらおう。既製品だから、サイズが合うものがあれば今日つけて帰れるぞ」

「はい！　あぁ、なんだか感動です。すごく幸せ……」

女性店員の方に指のサイズを測ってもらいながら、はにかむように笑う。良平さんのは男性向けなので、パッと見はなんの装飾もないシンプルな指輪だが、中にミモザの花が彫られていて、さりげないお揃い感がとても嬉しい。

先ほどまで場の雰囲気に圧倒されていた気持ちが嘘みたいに、今は浮き立っている。

私はお店から駐車場へ移動する間、指輪をつけてもらった左手の薬指を何度も何度も見つめてはニヤけてしまった。

「良平さん、ありがとうございます。この指輪があれば、今日の挨拶も頑張れそうです」

「それはよかった。でも自分の家に行くのに、どうして椿のほうが緊張するんだよ。するなら、俺のほうだろ」

「それはそうですけど……。恋人と一緒に実家に行くなんて、今まで経験したことなかったから、なんだか落ち着かなくて」

クスクスと笑いながら車に乗りシートベルトを締める彼に照れ笑いを向けると、頬に手が伸びてきて顎をすくい上げられる。

「椿の色々な初めてをもらえて嬉しく思うよ。これからもっと、たくさんの経験を一緒にしていこうな」

「はい！」

嬉しい！

良平さんの言葉に胸がいっぱいになって、私は面映ゆい気持ちで顔を俯けた。その時薬指に輝くペアリングが目に入って、さらに心が高揚する。緊張もどこかに飛んでいったようだ。

幸せだ。貴方との『初めて』が一つずつ増えるたびに、こんなにも胸が温かくなる。

私は車を発進させた良平さんの横顔を幸せに満ちたりた表情で見つめながら、ふふふと笑った。

＊＊＊

「これはすごいな……」

車を降りて、良平さんが思わず嘆声を上げた。

我が家は高級住宅ばかりが建ち並ぶ閑静な住宅街の中に建っている。その中でも一際大きな家を一緒に見上げる。

いざ着くと、どこかに行ったはずの緊張が戻ってきて、私は彼のジャケットの裾を引っ張った。

「どどどうしましょう、良平さん」

つい最近まで何も考えずに帰っていた我が家なのに、こんな気持ちで自宅の前に立つなんて変な気分だ。

私がそわそわしていると、彼が私の腰に手を回した。

「さて、楽しみだな」

「……楽しみ？　すごいですね、緊張しないなんて……」

「多少はしてるさ。だが椿がここで育ったのだと思うと感慨深いほうが大きいかな。そこに招かれるなんて嬉しい」

彼はそう言いながら意気揚々とインターフォンを押した。その途端、「お帰りなさいませ、お嬢様」の声と共に門が自動で開く。

「へぇ、お嬢様。やっぱり椿ってお嬢様なんだよな。なんか今すげぇ実感した」

「そんなこと実感しなくていいです……」

顎に手を当ててしみじみと言い出した良平さんに口を尖らせる。彼はくつくつと笑いながら、私の頬をつついた。

「揶揄《からか》わないでください」

「揶揄《からか》ってなんていねぇよ」

未だ笑っている彼に不満げな視線を向けて一人で先に門をくぐろうとすると、足がもつれてよろけてしまう。すかさず抱き込まれて心臓がどくんと跳ねた。

「あ……ごめんなさい」

「椿。気負う必要なんてない。ご家族だって皆、椿の味方だ。俺だって側にいるんだし気楽にしてろ」

「良平さん」

力強く言い切られて、こくこくと何度も頷いた。良平さんがそう言うのなら大丈夫かもしれない。彼の言葉と笑顔に少し緊張が和らいで、私は彼と手を繋いで敷地内に足を踏み入れた。

「素晴らしい庭だな」

「ええ、すごいでしょう。これ全部薬草なんですよ」

「薬草？」

中に入ったところで彼が庭を褒めてくれたので、私は自慢げに庭の植物を紹介した。ここにあるものは私のために父が植えてくれたものばかりだ。子供の頃から私が気になると言うたびに増やしてくれたせいか、今となっては庭というより薬草園と呼んだほうがしっくりくる。

「個人研究のためか？　ご両親の椿への愛を感じるな」

「そうですね。子供の頃から好きなことを思う存分させてもらいました。とても感謝しています」

感嘆の声を漏らす彼に、面映ゆくなってえへへと笑う。

幼い時からほかの子供たちと興味を持つものが違った。おもちゃではなく、母が料理のために植えていたハーブにばかり目を輝かせているような変な子供だったのだ。そこを伸ばそうとしてくれた両親には感謝してもしきれない。

「それにしてもすごい種類だな。これだけあると、何がなんだか分からなくならないか？」

「そんなことありませんよ。それに珍しいものもありますけれど、馴染みのあるハーブなどもあるんです。あれはミントで、そこのはタイムやディルです。私だけじゃなく、母やお手伝いさんがお茶や料理に使うこともあるので、用途は様々ですね」

そんな話をしながら庭をぐるりと一周した。雑談しながら玄関のドアを開けると、お手伝いの生嶋さんが出迎えてくれる。

「お帰りなさいませ。お嬢様の恋人に会える日が来るなんて、長生きするものですね」

「も、もう、生嶋さんったら……」

大袈裟な彼女に苦々しく笑うと、「こちらにどうぞ」と応接室まで案内される。普段入らない部屋に通されて、自然と背筋が伸びた。

応接室に入るの初めてかも……

子供の頃は、ここは父の大切なお客様を招くところだから近寄ってはならないと感覚的に遠ざけていた。大人になってからも兄と違って、私が誰かを家に招くことがなかったので正直無縁な部屋だ。

緊張してソファーに腰掛けた私は、生嶋さんが淹れてくれたお茶を見つめた。気持ちを落ち着かせるためにお茶を飲もうとして湯呑みを持ち上げるが、体が震えているせいかお茶の表面がゆらゆらと揺れていてこぼれてしまいそうだ。

良平さんは私とは違いすでに仕事モードで完璧なビジネススマイルを浮かべている。

「うう、心臓が口から出そう」

「椿、少し落ち着こうか。とりあえず、手に持っている湯呑みを置こう。このままじゃ、確実にこぼしそうだ」

彼は呆れたように笑って、私の手の中から湯呑みを取り上げ、テーブルに置いた。

だって、両親に付き合っている人を紹介したことなんてないんだもの。誰かと付き合うのも、その人を紹介するのも全部初めてなのだ。緊張するのは無理がないと許してほしい。

私は汗が滲む手のひらをぎゅっと握り込んだ。

「椿。大丈夫だから、深呼吸して笑え。終わったら、めちゃくちゃ甘やかしてやるから」

普段の口調でそう言う彼に、私は小さく頷いてぎこちなく微笑んだ。

緊張がなくなったわけではないが、彼の笑顔を見ていると心強く思える。側にいてくれるんだと、一人じゃないんだという気持ちが安心をくれた。

「えー。終わったら二人でイチャつくんじゃなくて、皆で和気藹々と食事でもしようよ」

「きゃあっ！」

突然ソファーの背もたれから兄に覗き込まれ、私は飛び退いた。瞬間、テーブルにぶつかりお茶をこぼしてしまう。

「あっ！　もう、お兄様がノックをせずに気配を消して入ってくるから」

「ええっ、僕のせい？　でも、よかったね。今ので緊張が飛んでいったんじゃない？」

けらけらと笑いながら、一緒になってこぼしたお茶を拭いてくれる兄を不満げに睨《にら》んだ。

私たちがこぼしたお茶を拭き終えた時、応接室のドアがコンコンとノックされる。ハッとして顔を上げると両親が入ってきたので、慌てて布巾を持って後ろに下がる。

「兎之山社長、ご無沙汰しております。本日はお時間をとっていただき、ありがとうございます」

「よく来てくれたね、杉原くん」

良平さんが二人に対して礼儀正しく一礼をしている姿を兄と並んで見ていると、母が私と兄の手にある布巾に視線を落とした。

「あら、お茶をこぼしてしまったの？ ちょっと待ってて。今、生嶋さんを……」

「もう拭いたから大丈夫だよ。僕が新しいお茶を淹れてくるから、皆は話をしていて……」

「ありがとうございます」

「ありがとうございます、専務」

布巾と空になった湯呑みを持って応接室を出ていく兄の姿を見ていると、父が私たちに座るように促す。その姿はとても嬉しそうだ。

とても機嫌がいいわね。やっぱり娘の人生初の恋人に浮かれちゃっているのかしら。

ご満悦な父に苦笑いして、ソファーに腰掛けた。

「堅苦しい挨拶はいい。それより、この前の君の企画を見せてもらったんだが、とてもよかったよ」

「いえ、これも椿さんたち優秀な研究員の方々のおかげです」

……ん？

突然始まった仕事の話に首を傾げる。

てっきり私たちの話が始まると思っていたので拍子抜けしてしまい、ドキドキしていた気持ちが宙に浮いた。すると、母が嘆息する。

「あなた、仕事の話は会社でしてくださいな。今日は二人の話を聞くために呼んだんでしょう」

「……分かっている。今からしようと思っていたんだ」

気持ちよく話していたところを、母に邪魔をされた父は一瞬だけ気まずそうな顔をして「すまないね、杉原くん」と頭を下げた。

まあ、お母様が口を挟みたくなる気持ちは分からなくはない。良平さんからは社長である父の話を遮るわけにはいかないし……

「いえ、社長にそう言っていただけるのは嬉しいので」

「ありがとう。君のような人が椿の相手だと、私も安心だよ。娘の行く末をとても心配していた矢先の話だから、すごく嬉しくて急に呼び立ててしまって悪かった」

「いえ、こちらこそ認めていただけて、とても嬉しいです。ありがとうございます」

「そうよねぇ。椿ったら内気だし、自分の殻に閉じこもりがちでしょう。この子、勉強や研究のことしか頭にないのよ。でも、会社の人なら安心ね。椿のことをよく知ってくれているもの」

父の言葉に母がゆったりと微笑む。両親の言葉に良平さんは静かに首を横に振った。

「殻に閉じこもりがちなどということはありませんよ。皆とちゃんと連携をとって進めてくれるので助かっています。それに、彼女はとても優秀なんですよ」

庇ってくれる良平さんに、じーんと胸が熱くなる。

良平さん……

私が彼を見つめながら感動して胸元を押さえていると、彼が私を見て微笑んだ。

「良平さん、ありがとうございます。でも助けられているのは……」

「私としても君なら文句をつけるつもりはない。ただ注文をつけるとしたら、兎之山家に婿に来て、彬を支えてほしいということだな」

「ちょっと、お父様！」

良平さんにお礼を言おうとした途端、私の言葉を遮り、とても気の早いことを言い出した父にくわっと目を剥く。

「お父様……気が早いです。私たち付き合いはじめたばかりなんですよ」

「それは分かっている。だからこれは先の話だ。だが、椿の残業癖をやめさせ帰宅させるとは中々できることじゃない。さすが杉原くんだ。私はこういう人に椿を任せたかったんだ。椿、しっかりと捕まえておけよ」

「お父様！　捕まえるとか言わないで！　失礼でしょう！」

先と言いながら、いま結婚話を進める気満々の父に非難の目を向ける。

「ごめんなさい、良平さん。父が先走ってしまって……」

「いや、大丈夫だよ。それに、覚悟があると以前話しただろう？　だから、僕としてはとても嬉しい」

「でも、いくらなんでも非常識です。強引すぎます」

彼の袖口を掴みながら、父への不満を漏らすと、彼は優しく微笑む。

「社長、非常識だなんてことはありません。椿さんのことは僕にお任せください。必ずや、規則正しい生活をさせてみせますし、幸せにしてみせます！」

「おお！　頼もしい！」

「りょ、良平さん？」

彼の言葉に唖然とする。

いけないわ。このままだと二人が結託してしまいそう……

私が言葉を失ったまま二人を見ていると、お茶を人数分淹れ直してくれた兄が戻ってきて笑う。

「そろそろ観念したら？　ここで、覚悟を決められていないのは椿だけだよ」

「お兄様……。別にそういうわけではないんです。でも私たち付き合ってまだそんなに経っていないから……。もう少し私たちのペースに任せてほしいなって」

「目まぐるしく環境が変わることに戸惑う気持ちは分かるけど、時には流れに身を任せてみるのもいいと思うよ。それに、杉原くんは俄然その気のようだしね。椿だって杉原くんと別れる未来なんて想像できないんでしょう？　なら、答えは一つだよね？」

良平さんと別れる未来？

その言葉に固まってしまうと、兄がニッと笑う。

「そ、そんなの嫌……！」

「椿、大丈夫だよ。いつも言ってるだろう？　大丈夫だ。婚約とか結婚とか分かりやすく形にしたって何も変わらない。椿は椿のままで僕の側にいてくれればいいから」

「良平さん……」

思わず立ち上がると、良平さんが私の手を握り優しく声をかけてくれる。それを見た兄がとても満足そうに笑った。

そうよね、戸惑う必要なんてないわよね。

私と彼の手に輝く指輪が目に入り、動揺している心が落ち着いていく。そのとき、スマートフォンがぶるぶると震えて着信を告げた。

「あら、何かしら？」

「電話？」

「はい……休日出勤している同僚の方からなので、何かあったのかもしれません」

着信画面を確認しながらそう言う。兄たちが「話しておいで」と言ってくれたので、席を立ち、応接室を出る。

何かあったのかしら？

「はい。もしもし……」

「あ、羽無瀬さん！　お休みのところ、すみません。この前の計量分析の結果のことを聞きたいんですが、今大丈夫ですか？」

「ええ、大丈夫ですよ。それなら……私のデスクにファイルがあると思うので……」

「そう思って確認させてもらったんですけどないんですよ……」

え？　ない？

確かに昨日帰る前にデスクの上に置いたのに……

「あ、でしたらパソコンの共有フォルダのほうでデータを確認してみてください……」

なんだか落ち着かない。確かにデスクの上に置いたはずなのに。今すぐ探しに行ったほうが……。

そこまで考えて私はぶんぶんと首を横に振り、湧き出た考えを振り払った。

ダメよ、私。今は良平さんと挨拶に来ているのに……

「共有フォルダにデータがあるなら、気にしなくても大丈夫ですよ。このあと確認させていただきますね。ファイルのほうは多分どこかに紛れ込んでしまっただけだと思うので、気になるようでしたら月曜日に一緒に探しましょう」

「はい……ありがとうございます」

電話中なのに考え込んでしまった私に、優しく言葉をかけてくれる。私はその心遣いにお礼を言い、電話を切った。でもどうにも釈然としなくて、スマートフォンを手に持ったまま、画面をジッと見つめる。

私ったら、もしかして置いた場所を勘違いしているのかしら？　でも、そんなまさか……。けれど、そうは思っても現にないのだからその可能性は充分に考えられる。

なんだろう、気持ち悪い……

心の中がざわざわして、私は胸元をぎゅっと掴んだ。

「最近浮かれすぎなのよ。こんなミスをやらかすなんて……」

今回は元のデータがあったから、分析結果を印刷した用紙がなくなっても大事には至らなかったが、このままではいつか大きな失敗をやらかしてしまうかもしれない。

「本当にしっかりしなきゃ……」

ぺしっと両頬を叩き、今日買ってもらったペアリングを見つめる。

良平さん……

私、色々頑張ります。仕事も貴方とのことも……。どちらも中途半端にならないように、ちゃんと頑張りますから。

指輪を見つめていると、大丈夫だと言ってもらえているような頼もしい気持ちになる。

彼はいつでも私に寄り添おうとしてくれる。そして色々なことも教えてくれる。

彼にときめく気持ちや一緒に過ごす安らぎ——それは一人でいたら絶対に経験できなかったことだ。

良平さんと付き合ってからダメになったと言われないように、今まで以上に励まなきゃ。

「良平さん、私頑張ります！」

ぐっと両方の拳を握り締める。

これからはいつも以上に確認作業に気をつかおう。気を引き締めるのよ、私。

私はそう決意を固めて応接室へ戻り、皆で義姉が作ってくれた手料理を食べながら色々な話をした。

その食事中、父につかまり仕事の話に付き合わされている良平さんを見て、私の仕事中毒は確実に父に似たのだと納得してしまった。

＊＊＊

「嘘でしょ。またない……」

どこを探してもない……

自分のデスクの上をひっくり返していた私は、頭を抱えて崩れ落ちるように椅子に座った。

良平さんと実家へ挨拶に行ってから、今日で数週間。あの日、ファイルが紛失してからというもの、私のデスクまわりで書類などの紛失物が多い。さすがにここまで多いと勘違いではすまされない。

「もう嫌。一体どうして……」

あのファイルだって、皆と協力して探したが結局見つからなかった。

私はキリキリと痛む胃を押さえた。自分の管理能力の悪さに吐きそうだ。

「羽無瀬さん、やっぱりありませんでした」

「そうですか……」

やっぱりそうよね。今までなくしたものが見つかったことはない。だから、今日のも見つかるわけない……。いやいや、諦めちゃダメだ。本当に置いた場所を勘違いしているだけなのかもしれないし、徹底的に探すまで諦めちゃダメ。

負けそうになった気持ちをかぶりを振って散らす。

「ありがとうございます。もう少し探してみます」

一緒になって探してくれていた狭山さんや同僚の人たちにお礼を言いつつ、痛む胃のあたりをさすりながら微笑んだ。

探すよりもやり直したほうが早いのかもしれないが、ここまで紛失が多いと今後のことを考えても見つけ出したほうがいい気もする。

見つけ出せたら、こういうことはもうなくなる——そう思うのは甘い考えなのかしら。

はぁっと大きな溜息をつくと、狭山さんが私の肩を軽く叩き、こそっと耳打ちしてくる。

「ねぇ、羽無瀬さん。私思うんですけど、これ嫌がらせじゃないんですか？」

「え？　で、でも……」

「ほら、個人用のデスクには鍵をかけていないから盗ろうと思ったら誰でも盗れますし、それに大事には至らないところを攻めてくるあたり、この研究所の中に嫌がらせをしてる犯人がいると思うんですよね……」

「狭山さん……」

そんな……！　でも、確かにあまりデスクに鍵をかけている人はいない。

鍵をかけてしまうと、万が一休んでしまった時に抱えている案件を引き継ぐのが手間だからだ。

まあそれ以前に研究室に引き込もることが多かったので、元々そういった習慣がないというのもある。

なので、言ってしまえば誰でも触れるし盗れる。しかもなくなるものは元のデータがちゃんとあるものや、短時間でやり直しがきくものだ。だから狭山さんの言いたいことも分かる。

私は周りを訝しげに見ながらひそひそと話しかけてくる狭山さんに、困惑の視線を向けた。

「でも……ここにいるのは皆、研究者なんですよ。そういう人がそんなことするとは思えません」

そういう可能性は否めないが、信じたくない。

皆、真剣に取り組んでいる。研究者は自分が行っているものに無断で手を出されるのを何より嫌うはずだ。だから、研究に支障をきたすようなことをするなんて思えない。思いたくない……

「羽無瀬さん、甘いです。研究者がすべて善人だと思っているんですか？　絶対にそんなわけないので、気をつけたほうがいいですよ。とりあえず、今回のことは所長にはもちろんのこと、杉原部長にも相談したほうがいいと思います」

「所長は分かるけれど、どうして部長に？」

「これは私の勘なんですけど、この嫌がらせはぜーったいに杉原部長のファンがしたことだと思います。あの人、羽無瀬さんが思っている以上に女性社員に人気があるんですよ。確実にやっかみだと思います」

そ、そんな……

狭山さんの言葉にぎゅっと白衣を握り、俯いて自分の足元を見つめる。

確かに良平さんが人気者なのは分かっているし、多少のやっかみは仕方がないとは思っていた。

でもまさか仕事の邪魔になるようなことをされるなんて思ってもみなかった……

「狭山さん……。杉原部長は仕事に対してとても真摯な方です。そんな彼を好いている人が仕事で邪魔になるようなことをするでしょうか？」

「するんじゃないですか？　それに、羽無瀬さんへの嫌がらせは直接部長の仕事の邪魔にはならないし」

「で、でも、こちら側の仕事が滞れば、結果的には迷惑をかけることに……」

「そんなことを考えられる人は、そもそも嫌がらせなんてしないと思います」

ずばっと言い放った彼女の言葉に、次に続く言葉が見つからなかった。

……今までその可能性を考えないわけではなかった。でも信じたくなかったのだ。けれど、そろそろその可能性も考えて対処をしなければならないのかもしれない。

陰鬱な気持ちでいっぱいになって大きな溜息をつくと、「あーあ、羽無瀬さんのせいで仕事が進まない」という非難の声が室内に響いた。

え……？

「仕事しか取り柄のない羽無瀬さんが、こうも注意散漫だともう最悪ですね」

「ホントに最近浮かれすぎで、見てるこっちが嫌になっちゃう」

「杉原部長、羽無瀬さんの仕事熱心なところを好きになったって言ってましたけど、実際付き合ってみると仕事熱心どころか失敗ばかりで幻滅でしょうね。もうすぐ嫌われちゃうんじゃないんですかぁ？」

研究室の中がしんとしてクスクス笑っている三人の研究員に視線が集中する。

彼女らの言動に目を見張ると、狭山さんが「これでも研究者に悪い人がいないなんて、本気で思います？」と問いかけてきた。

狭山さん……

私が狭山さんの言葉に答えられないでいると、狭山さんはカツカツと彼女たちの前まで進み出て、腰に手を当てて睨《にら》んだ。

「ふん。それはこっちのセリフです。こそこそとくだらない嫌がらせばっかりで仕事の邪魔をしないでください。そんなんだから杉原部長に選んでもらえないんでしょ。嫉妬でバカなことする前に、まず自分たちを見直したらどうですか？」

「さ、狭山さん⁉」

彼女らに向かって言い返した狭山さんにぎょっとして、慌てて狭山さんの肩を掴む。すると、案の定彼女らは怒ったようで、私たちをすごく怖い目で睨《にら》んできた。

「兎之山専務に応援してるって言われたみたいですけど、勘違いしないほうがいいですよ。それは杉原部長にであって貴方にじゃないんですから。誰が貴方みたいなのを祝福するのよ」

そしてそう吐き捨てるように言って、彼女たちは研究室を出て行った。

私は出て行く三人の後ろ姿を見つめながら、空気がとても悪くなってしまった室内で立ち尽くした。

……どうしよう。兄が流した噂はどうやら抑止にはなっていないみたいだ。でも、それもそうよね。誰も私が専務の妹だなんて知らないから、単純に良平さんに恋人ができたと聞いてお祝いの言葉をくれただけだと思うはず。

「羽無瀬さん、気にしないほうがいい。どう考えても仕事をしていないのは、あの三人だから……」

「そうですよ。でも、これで嫌がらせがあの人たちだって確定しましたね。今から対処法を練りましょう」

「ありがとうございます……」

私は庇ってくれる皆にお礼を言って、先ほどひっくり返した自分のデスクを片づけながら、これからどうするかを皆で話し合った。

皆、とても優しい。

確かにやっかみはあるが、応援してくれている人のほうが多いんだから、しっかりしなきゃ。

私は泣きそうな気持ちを奮い立たせて、なるべくニコリと笑った。

＊＊＊

「どうした？」

「え？」

帰宅するなり、良平さんが私を捕まえて膝に座らせる。彼の行動と質問に戸惑っている私の背中を優しく撫でながら、私の返答を待ってくれる。

そんな優しい彼に泣きそうになって、慌てて唇を引き結ぶ。

ここで泣くのは間違っている。今回のは確かにやっかみが原因だ。でも、つけ入る隙がある私が悪い。それに対処法を皆で話し合ったから、もう大丈夫。良平さんの手を煩わせちゃダメ。

私は小さく首を横に振って微笑んだ。

「なんでもないんです。ただちょっと今日は忙しくて疲れてしまっただけです……」

私は誤魔化すように良平さんの胸元に顔をうずめ、甘えてみせた。

「……それが本当ならいいんだが」

「本当ですよ？　良平さんこそ、どうしたんですか？」

探るような彼の視線が居心地悪い。

私はその視線が怖くて、彼の胸から顔を上げられなかった。

「じゃあ、聞くが……社長に挨拶をした日から元気がなくなったように感じるのは俺の気のせいか？　考え込むことも増えたようだし。一体何を考えている？　椿は一人で悩んで変な方向に物事を考える天才だからな。そうなる前に相談してくれたほうが、絶対にいい。ほら、話せ」

「う……。本当にそういうんじゃないんです。ほら、過度な残業が禁止になって定時で上がるために頑張っているでしょう？　その時間配分にまだ慣れなくて疲れちゃっているだけです」

私が顔を上げて誤魔化すように笑うと、良平さんが「そうか……」と息を吐く。が、その目は未だに私を探っている。

良平さん、ごめんなさい。

狭山さんにも相談したほうがいいと言われたけれど、やっぱり今回のことは言えないの。だって、貴方を好きな人から嫌がらせを受けました……なんて言えない。

きっと彼は私を守ろうとするだろう。でも、そのせいで今より大きな揉め事に発展してしまったらどうするの？　そんなの絶対にダメだ。良平さんに迷惑はかけたくない。かけられない。

「椿」

「本当に……本当に何もないんです。それよりお腹空きました。今日の夕食はなんですか？」

「……はぁ、分かった。今は誤魔化されてやる。俺も現状把握の途中で、完全には分かっていないからな」

「えっ？」

良平さんの言葉に目を瞬かせると、彼が挑発的に笑う。

ま、まさか全部バレているの？　いえ、そんなことあるわけないわ。

研究所内で起こった小さなトラブルが、本社ビル内で働く彼に届くはずないもの。

そうは思っても変な汗と動悸がおさまらない。すると、彼は私の頬に手を添え、なまめかしく手を滑らせた。

「っ！」

「椿。全部片づいたらお仕置きな」

えっ……？

彼の言葉に大きく目を見開くと、耳元でフッと笑われた。

「えっと、あの……」

どういう意味かと聞き返す勇気がなくて、言葉を詰まらせる。私が俯くと、頬をぐにっと摘まれた。

摘まれた頬を押さえて膝の上から飛び退くと、彼がまた私を膝の上に戻す。次は跨るように乗せられて、なんだか落ち着かない。

「それはそうと、気分転換にどこかに出かけようか？」

「え？」

お出かけ……？

突然変わった話題にキョトンとしている私の首筋にすり寄ってそう言った彼に、二、三度瞬きする。

「なんだ？　嫌なのか？」

「いいえ！　嬉しいです」

返答が遅れたのが気になったのだろう。顔を上げた彼の拗ねた表情を見て慌てて首を横に振ると、穏やかに笑って私の頭を撫でてくれる。

「なら、どこに行きたいか考えておいてくれ。俺も考えておくから」

「はい！」

デート……。良平さんとのデート……！

以前とは違い特定の目的がなく、彼とどこかに出かけられることが嬉しくて、心が自然と浮き立つ。

勝手にニヤけてくる顔を、彼に抱きつくことで隠した。

良平さんからのデートの誘いが嬉しすぎて、先ほどまでの陰鬱な気分がどこかに飛んでいった。

＊＊＊

「わぁ、綺麗！」

土曜日。良平さんが連れてきてくれたホテルのラウンジで、私は感嘆の声を上げた。

大きな窓から見える日本庭園が都会の喧騒を忘れさせてくれるくらい美しい。

「気に入ったか？」

「はい！」

元気よく頷くと、彼がメニューを見ながらフッと笑う。

ここは狭山さんが教えてくれたアフタヌーンティーが楽しめるオールデイラウンジだ。今はイタリアをテーマにしたアフタヌーンティーが楽しめるらしい。

良平さんが見ているメニューを覗くと、それ以外にも抹茶をテーマにしたものもあった。

「アフタヌーンティーと一口に言っても色々とテーマがあるんですね。良平さんはどういうスイーツが好きですか？」

「俺は柑橘系が好きかな。椿は？」

「私も柑橘、好きですよ。レモンのチーズケーキとかさっぱりしているし、いくらでも食べられます。あとはチョコも好きです。疲れた時に一粒食べるだけでも元気が出ます」

特にチョコレートは常備品だ。白衣のポケットによく入れている。

そんな話をしていると、ほどなくしてティースタンドにのせられたスイーツが運ばれてくる。まるで芸術品のようにきらきらしているスイーツに、心が華やいだ。

「わぁ、綺麗……！」

「よかったじゃないか、椿。レモンのケーキがある。チーズケーキではないが、ガトーショコラの上にレモンムースとイタリアンメレンゲがトッピングされているから、レモンとチョコレート好きの椿にはちょうどいいんじゃないか」

彼はそう言って一口分取り分けて、私の口に放り込んだ。口溶けのよいメレンゲの甘さとシチリアレモンの甘酸っぱさが口の中いっぱいに広がる。その次にチョコレートの濃厚さがきて、私は目を輝かせた。

「美味しいです！」

「よかった。たくさん食べるといい」

「でもこれだけ完成された美しさがあると食べるのがもったいないですね。これなんてすごく可愛くて綺麗……」

ベリーとカシスで作られたというゼリーの器を持ち上げて、嘆声を漏らす。カクテルグラスに盛られたそれは濃い赤から淡いピンクへと美しいグラデーションを描いている。見ているだけでも目の保養だ。

「眺めているのも楽しいかもしれないが、こういうものは味も楽しまないと損だぞ。ほら、これも食べてみろ。トマトのチーズケーキだそうだ」

「トマト？　すごい！　私、トマトのケーキは初めて食べます！」

ほかにも花束のように可愛らしいフラワーパンナコッタや色とりどりのマカロン、あとはティラミスやスコーンなんかもあって、可愛らしいスイーツが盛りだくさんだった。

こんなにあったらどれから食べようか迷っちゃうわね。でもそれも醍醐味なのかしら。

私はトマトのチーズケーキを口に運びながら、アールグレイティーを飲んでいる良平さんを見た。

私が紅茶を好きなせいか、彼もよく紅茶を飲むようになった。最近ではコーヒーより頻度が多いように思う。私も彼の影響で食後は紅茶を飲んでのんびりする習慣ができたし、二人で暮らすことによってお互いにそういった変化をもたらしているのが、気恥ずかしい反面嬉しい。

はにかんだ時、良平さんの手が伸びてきて私の頬に触れる。そのままその手が口元に滑って、唇をなぞった。

「ついてる」

「～～～っ、あ、ありがとうございます……」

クリームのついた指を舐める良平さんを見て、かぁっと顔が熱くなる。

こういうことをさらりとされると、心臓に悪い。私は高鳴る胸を誤魔化すように、スコーンを口に含んだ。サクサクしたスコーンにクロテッドクリームがとても合っている。

「美味しい～」

あまりの美味しさに先ほどの恥ずかしさも飛んでいき、ふにゃっと笑う。良平さんが小さな容器に入ったマーマレードを渡してくれた。

「これも塗ってみるといい。シチリアのとある侯爵家に代々受け継がれてきたマーマレードだそうだ」

「へぇ、なんだかすごいですね！」

歴史を感じるそのマーマレードに、心がときめいた。

良平さんに勧められるままにスコーンに塗って食べてみる。

オレンジの果肉のしっかりとした味わいと香りが、皮の苦味と調和していて食べていてとても心地よかった。

十四世紀から続く名門貴族の農園で育てられた柑橘類がマーマレードとなり、今なお伝えられている。その背景を知ると、食べた時の感動が一層深いものになる。

「美味しくて感動です。あぁ、幸せ」

「気に入ったならよかった」

満足げに笑う良平さんをチラリと見ながら、マーマレードをたっぷりと塗ったスコーンをもうひと齧りした。

「そういえば、次はどこに行きますか？」

「椿が喜ぶところだ」

私が喜ぶところ？

首を傾げると、彼がニヤリと笑う。その笑みに、ますます分からなくなった。

それって、どこかしら？

＊＊＊

「こ、ここは……！　良平さん、ここって……」

俺は車から降りて立ち尽くす椿の手を引いて、入り口へ向かった。彼女は感動に震えながら、そわそわとついてくる。

やっぱりこの場所を選んで正解だったな。

ここは都内唯一の薬用植物園だ。国内外の貴重な薬草や草木などがたくさん栽培されているらしいから、絶対に喜ぶと思ったんだ。案の定、彼女の目はキラキラと輝いている。

「この前椿の実家の庭を見て、デートするならここだって思ったんだ。もう来たことあるかもしれないが、椿のことだから何度でも楽しめるだろう？」

「はい、嬉しいです！　ここは植物園だけじゃなく研究機関としての側面も持っているんですよ！」

「やっぱり来たことがあったか」

手を繋いで中に入ると、敷地内には薬用植物だけでなく、四季折々の風景が見られた。

可愛らしい花も咲いているんだな。毒草も扱っていると書いてあったからどんなのかと思ったが、結構普通だ。緑豊かで心地よく、薬草好きじゃなくとも楽しめる。

「来たことはありましたけれど、勉強のためですよ。植物鑑別などの試験検査や調査研究を行っているので、学ばせてもらったんです。あとたまに薬草教室もやっているから、聴講させていただいたりとか」

どんな勉強をしたのか聞きながら、中を回る。薬用植物の正しい知識の普及に努めていると椿が言うとおり、園内には麻薬の原料である芥子《けし》や麻が栽培されていたり、とにかく色々なハーブがたくさんあった。

「これは確かに、薬用植物の正しい知識について学習できるな……素晴らしい」

「そうでしょう！　ここでしか見られないものもあって、本当に素晴らしいんです！　ハーブは化粧品とも縁深いですから、勉強にもなって楽しいですよね」

興奮気味にそう言う椿に、自然と笑みがこぼれる。

正直薬草より、それを見ている椿を見るのが楽しい。そんなことを言ったら怒られるだろうか。でも本当に可愛いんだよな。先ほどのラウンジでスイーツに舌鼓を打つ椿もよかったが、好きなものを目の前にした彼女は本当に愛くるしい。だが、こちらにも少し関心を向けてほしくて話題を振ってみた。

「そういえば……インドネシアでは古くから新婚初夜のベッドにイランイランの花を撒いておくという風習があるそうだが、本当に効果があるのか？」

「さあ、どうでしょうね。撒いたことがないので分かりませんが、イランイランの香りをかいだあとに、親しみ、やる気、幸福感、疲労感の数値に有意な差が見られたという研究結果があるので、初夜の緊張をほぐしてくれるのかもしれませんね」

「そうか……」

「ええ、一緒にいて疲労感が軽減し幸福感が増すのは、これから共に歩んでいく二人にとってもいいことでしょうから」

研究者然とした顔で説明されて、肩透かしを食い呆然としてしまう。が、いきいきとしているから憎めない。可愛くてたまらないのだ。

確かに椿ってこうだよな……。仕事とプライベートだと雰囲気がまるで違う。

研究者の顔になってしまった彼女の手を握る。

「俺たちも帰ったらベッドにこの花を撒いて抱き合おうか？」

「へ……？　べ、別にいいです！　やめておきます！」

握り込んだ椿の手を引き寄せて手の甲に口づけると、彼女が顔を真っ赤に染めた。一瞬にして可愛い恋人に戻った彼女を見て、クスクスと笑う。

「も、もう、良平さんったら。あ、あそこでジュースが飲めるので、変なこと言ってないで少し休憩しましょう」

「変なことなんて言ってねぇよ」

顔を真っ赤にして動揺している彼女に手を引かれながらふれあいガーデンへ向かう。可愛すぎて、笑いが込み上げてきた。そんな俺を見て、椿がずっと困り顔で睨《にら》んでくる。

そんな顔をされても逆効果なんだが……

その後はジュースと手作りパンを購入して、薬事資料館ではしゃぎながら解説してくれる椿の可愛さを堪能してから帰路についた。

＊＊＊

「はぁ、楽しかった」

帰宅して、ソファーに身を沈める。

今日は甘くて美味しいものを食べさせてもらえたり、好きなものを思う存分見られたりと、すごく楽しかった。

「良平さん、ありがとうございます。ここ最近、仕事で色々あって疲れていたんですけど、元気になりました」

これで月曜日からまた頑張れそうだ。

私が笑顔でお礼を言うと、彼が今日買ったばかりのハーブティーが入っているマグカップを持ってきて隣に座る。

「それならいいんだが、その色々をそろそろ聞かせてくれないか？」

「そんなに大したことありません。良平さんが心配することじゃなくて、この前も言ったように……仕事の進め方が本当に下手で……。有能な杉原部長が羨ましいです」

これは本当。やりたいことだけで突き進んでいたら、スケジュールの立て方や書類作業は下手なまま、ここまで来てしまった。

嘘と本当を混ぜて微笑むと、良平さんが大仰な溜息をついた。そして彼が膝をトントンと叩いたので、おずおずと彼の膝に乗る。すると、唇を奪われた。

「……っんぅ」

ぴったりと体を寄せ合い、お互いの手を恋人繋ぎにして指を絡め合う。段々とキスが深まって、舌が擦れ合う心地よさに少しずつ熱が帯びていく。私の体がとろけそうになったところで、良平さんの唇が離れていった。

「椿、やっぱりお仕置き確定な」

「えっ!? どうして？」

5

「あはは、ビンゴだね。それにしても、僕が流した噂の効果がまったくなかったのは残念だなぁ。ふふっ、そりゃそうか。分かってはいたけど、できるなら噂を信じて大人しくしてほしかったよ」

警備室で研究所内の監視カメラをチェックしながら、専務が笑う。だが、その目はまるで獲物を見つけた肉食獣のようだ。

彼も俺と同じで許せないのだろう。彼の笑みを見ながら、俺は深く頭を下げた。

「椿さんを辛い目に合わせてしまい申し訳ありません。迂闊でした……」

ここのところ椿の様子がおかしかったので、研究員にそれとなく探りを入れた上で、専務に頼んで研究所内の監視カメラをすべてチェックさせてもらったのだが、まさかこんなことが起きているとは……

俺はモニターを睨《にら》みつけながら、歯噛みした。

映像には、研究員の女性が就業時間後に堂々と椿のデスクから書類を抜き取り、それをシュレッダーにかけているところまでバッチリと映っている。それを見て、自分の中にどす黒いものが湧き立ってくるのがはっきりと分かった。

彼女が仕事を愛し大切にしているのは、共に働く者なら分かっているはずだ。それなのに、こんなことをするなんて絶対に許さない。

だが、それ以上に俺のせいで椿を傷つけてしまったことが何より腹立たしい。しかも、椿はそれを俺に相談すらしてこない……

俺は悔しさから軋むほどに拳を握り締めた。

「確認できたのは……常に三人組で行動している研究員の子たちと、総務と経理の子が一人ずつか……。どの子も君のことが好きだと常日頃から騒いでる子たちだね」

「申し訳ありません。完全に僕の落ち度です。好意を告げてきた人たちには、ちゃんとお断りしたので、こんなことにはならないと高を括っていました。すぐに対処します」

専務に頭を下げながら、横目で監視カメラの映像を睨《にら》みつける。彼はそんな俺を見て、肩を竦《すく》めた。

「まあ、人の想いはね。断ったからって、はい、そうですかって諦められるものではないから……仕方ないよ。君だってそうだろう？」

彼の意味ありげな笑みに言葉を詰まらせると、彼が小さく息をついた。

「君のせいじゃない。でもね、杉原くん……この子たちと椿の違いって何？　君は難攻不落って噂もあるくらい誰にも落ちなかったのに、椿には落ちた。それはなぜだい？　きっと皆はそれが分からなくて納得いかないんだと思うよ。兄の立場から言わせてもらえば、妹はとても可愛い。誰より可愛い。そりゃもう天使だ。でも仕事ばかりをしている変わり者でもある。そんな椿と人気者の君――そりゃ納得できない人が出てきても不思議じゃないよ」

「専務……」

「君が椿を大切にしてくれているのは分かっているよ。そこを否定するつもりはない。だけどね、君の椿への想いや姿勢を噂などではなくはっきりと皆に示さないと、今回収めてもまたこういうことが起きるかもしれないよ」

ニッコリと穏やかに微笑みながら俺を見る彼の目には、これ以上間違えたら椿はやらないという意思が如実に映し出されていた。

彼の優しい雰囲気の中にある圧にごくりと喉を鳴らす。

「変わり者だなんて、とんでもない。椿さんは、とてもひたむきな人なんです。彼女は知識のない者が理解できるまで付き合ってくれる優しさもある反面、こちら側が無茶な要求をした時には真っ向から言い返してくる強さもあります。普段はあのように大人しくて気が弱そうなのに、研究開発のことになると本当にすごいんです。その熱意は誰も勝てない。そういうところに惹かれたんです」

そんな強い彼女が、あの日——社長の理不尽な言葉に憤り泣いていた。その彼女の涙を見た時、俺は心を鷲掴みにされたんだ。

彼女を慰めてやりたい。仕事に向けるのと同じ強い眼差しで俺を見てほしい。彼女の心に入りたい。そう思ってしまったんだ。

そんな相手に、俺にずっと憧れていたと、一度でいいから抱いてくれと縋《すが》るように泣かれたのだ。そりゃ落ちもするだろう。あの日、俺のすべては椿に奪われた。自分の気持ちを一度自覚すると、もう止められない。なりふりなんて構わず、彼女が欲しいと思ってしまったんだ。

悠然と微笑みながら、俺を見つめる専務の目をジッと見据え、嘘偽りのない椿への想いを言葉にしていった。

専務が俺を許しているのは、可愛い妹である椿がそれを望むからだ。が、それだけでは嫌だ。俺だからこそ椿に相応しいと……本当の意味で許してもらいたい。認めてほしい。

「彼女が……社長に見合いを持ちかけられ仕事を辞めるようにと言われて泣いていた時、絶対に守ってやりたいと思いました。彼女の仕事への熱い思い。続けたいと願う気持ち。そのどれをも尊重してやりたいんです。強いけれど、本当は誰よりも脆く弱い彼女を守ることのできる人間になりたいと切に思います。だから、今回のことは俺に任せてください。彼女たちにも俺に好意を持ってくれている人たちにも、もっとちゃんと話して分かってもらえるように努めます。椿を傷つけることなんて、もう絶対にさせません。だから、お願いします！　俺にチャンスをください！」

「……ふーん、そっか。なら、任せようかな。うまく収めて再発を防ぐことができたら、僕としては言うことはないよ」

「ありがとうございます！」

専務の言葉に安堵の笑みがこぼれた。

彼は楽しそうに俺の肩をポンと叩く。

「椿のことをよろしくね。それに僕……君が自分のことを『俺』って言ってるほうが好きだよ」

あ……！

慌てて口を手で覆うと、専務がくつくつと笑った。

「取り繕わない本心って感じで好感が持てるよ」

「……ありがとうございます」

「頑張って。応援してるから」

深々と頭を下げると、専務は微笑みながら警備室を出て行った。出て行く彼の背中を見ながら、ふぅっと息を吐く。

「とりあえず、まずはもっと細かく状況を把握しないとな……」

説得するにしても、彼女たちが抜き取りシュレッダーにかけた書類が何なのかを知っておくべきだとも思うし、今回のことで椿が何を思っているのかも知っておきたい。そう思い椿に訊《たず》ねたのだが、彼女は下手くそな笑顔で誤魔化し何も話してくれなかった。

頼られていないことに悲しくなるが、椿のことだ。俺を好いている奴が嫌がらせをしているなんて、俺には言えなかったんだろう。彼女はとても優しいから……

俺は小さく息をついて、椿と仲よくしている研究員の子たちに片っ端から話を聞き、証拠を集めていった。

＊＊＊

「突然、呼び出して悪かったね。少し聞きたいことがあって……」

「いいえ！　なんでも聞いてください！」

数日後、俺は狭山さんたちに聞き取り調査を行い、すべてを把握したあと、報告も兼ねて専務や取締役員の面々と話し合った。

そして動かぬ証拠を揃えて、監視カメラに映っていた五人をまとめて呼び出したのだが、彼女たちはバレているなんて思っていないのだろう。とても嬉しそうにしている。

その姿を見て苛立つ気持ちはあるが、今ここで感情的になるのは絶対にダメだ。彼女たちには罪を悔いた上で、俺の本当の気持ちを分かってもらわなければならない。

やってやるよ。お前らの淡い恋心を摘み取ってやる。

「じゃあ話の前に、まずはこれを見てくれるかな」

俺はニッコリと微笑みながら、一枚の紙と彼女たちの悪事が写っている数枚の写真。それから今回の件についての通告書を差し出した。五人の視線が不思議そうにそれらに集まり、全員の顔がみるみるうちに青くなっていく。

通告書には今回の件についての彼女たちへの処罰。もう一枚は椿のロッカーに入れられていた『辞めろ』と書かれた紙。もちろん椿が見る前に俺と専務で回収しておいたが、もしもこれを彼女が見てしまったらと思うと心が痛い。

俺は苛立つ気持ちをなんとか抑え込んで、にこやかに口を開いた。

「羽無瀬さんのロッカーに入っていたんだけど、もうこんなことはやめてくれるかな？　この件だけじゃなく、彼女のデスクを漁って仕事に必要な書類を隠すのもやめてほしい」

「っ！　どうして、私たちが？」

皆が分かりやすいくらい狼狽している。まさかバレるなんて思っていなかったのだろう。

俺は先ほど机に置いた数枚の写真を指でとんとんと叩いた。

「何も分かっていないと本気で思っているのかい？　言っておくが、君たちのしたことは監視カメラにすべて映っているんだよ。この写真はほんの一部だ」

「監視カメラ？　ち、違うんです！　杉原部長、これは……」

「弁解を聞く気はないよ。いくらなんでも、これはやりすぎだ。君たちがしたことは会社の損害にも繋がる行為だよ」

真っ青な顔で言い訳をしようとした彼女たちにそう告げ、頭を下げた。

「え？　杉原部長？」

彼女たちは俺が頭を下げるなんて思っていなかったのだろう。とても驚いている。

「すまない。こんなことは、もうやめてくれないか？　君たちが僕のことを想ってくれているのは分かる。だが、僕は羽無瀬さんのことが好きなんだ。彼女を傷つけるようなことは、もうやめてほしい」

目を白黒させている彼女たちに、俺は椿に対する想いをすべて話した。

椿のどういうところが好きなのか、俺がどれほど椿に溺れているのか——包み隠さず、すべてを告げる。

「情けないけど……本当は今回のことだって、彼女は僕を頼ってくれなくて、一人で解決しようとしているんだ。そういうところがすごく悲しいんだ……。彼女が傷つくところなんて見たくないし、愛している人を守れない不甲斐ない自分もすごく嫌だ。……どうか分かってほしい。二度と彼女を傷つけるようなことはしないでくれないか？　不満や文句があるなら、僕が全部聞くから僕に言ってくれ」

俺は彼女たちが了承してくれるまで、自分の想いを話し頭を下げ続けた。彼女たちが「分かりました、もういいです」と言っても尚、話すのをやめなかった。

三時間が経つ頃には、彼女たちはほぼ半泣きだった。

「ごめんなさい、部長。私たち、羽無瀬さんが羨ましかったんです。でも、そんなにも部長が羽無瀬さんを好きだなんて思いませんでした」

「私たち……別に部長を困らせたいわけじゃないんです。ただやっぱり嫉妬をしてしまって……ごめんなさい。絶対にもうしません」

「本当に反省しました。本当にごめんなさい……」

彼女たちは口々に謝罪し、逃げるように部屋を飛び出していった。

まあここまで言われちゃ、俺への幻想も消えただろう。それにあの処罰を受けても尚、続けるつもりなら次は退職に追い込んでやればすむ話だ。

俺はひとまず安堵の息をついた。

＊＊＊

「ふぅ……」

私は有機合成をしている手を止めて、きょろきょろと視線を動かした。出社しているとは思うが、朝からあの三人の姿が見えない。

別室で……ほかの作業をしているのかしら？

三人と顔を合わせずにすんでいることにホッと胸を撫で下ろした途端、彼女たちが疲れきった顔で研究室へ入ってきた。その瞬間、動揺して器具を落とし大きな音を立ててしまう。

「あ……！」

やだ、私ったら慌てすぎよ。また何か言われちゃう……

びくつきながら落としてしまった器具を拾おうとした時、三人とバッチリ目が合ってしまう。慌てて逸らしたが、時すでに遅しのようで彼女たちは私のほうに近寄ってきた。

また何か言われるのかしら？

そう思い身構えると、彼女たちは私の前で気まずそうに視線を泳がせた。その表情にはこの前のような攻撃性はない。

「あ、あの……大きな音を出してしまってごめんなさい……」

「それは別にいいんですけど……。あとで、話があるんです。いいですか？」

「え……？　は、はい……」

「そう。なら、終業後に……」

状況を理解できないまま目を白黒させて頷くと、彼女たちは自分たちの持ち場へ戻っていった。

一体どうしたのかしら？　元気がなさそう……

持ち場に戻った三人をちらちらと盗み見ていると、狭山さんが彼女たちを睨《にら》みつけながら、ふんっと鼻を鳴らす。

「羽無瀬さん……。簡単にオッケーしないでくださいよ。裏に呼び出されて、文字通り虐められたらどうするんですか？」

「え？　さすがにいい大人なんだから、それはないですよ。多分……」

「まあ、それは冗談ですけど……。嫌な思いは確実にしますよ。だから、心配なんで私もついて行きますね」

「いいんですか？」

「当たり前です！　守りますよ！」

彼女は胸をドンと叩き、笑う。そんな彼女を見て、私もつい笑ってしまった。

狭山さんを見ていると先ほどの緊張が飛んでいくようだ。彼女がついてきてくれるなら、とても心強い。

私は彼女にお礼を言って、話し合いに向けて心を強く持とうと決めた。

私だって何かされるかもしれないというのを考えなかったわけじゃない。どちらにしても話さなきゃ前には進めないから、向こうが話し合いを求めてきたのなら応じるべきだと思う。

でも最悪の場合は父に相談かしら……？　だけど……できるだけ、それはしたくない。父に泣きつくなら、母の旧姓を名乗っている意味がないもの。

今回のことは私の管理能力にも責任がある。嫌がらせも本当に大したことがないものばかりだ。研究所の外には出ていないし、私のところで収められるならそれに越したことはない。

甘いかもしれないが、私は人と争うことはしたくない。だから、話し合うのは今後のことを考えても必要なことだ。

よし！　頑張るのよ、私！

私はぐっと拳を握り締めた。

＊＊＊

「まずは、今までのことを謝罪させてください……」

「え……？」

本社ビル内にある面談室で、私を呼び出した研究員の三人とよく知らない二人の女性社員――計五人の女性が私と狭山さんの前にずらりと並んだ。

私は彼女たちの突然の謝罪の申し出に軽く混乱した。が、狭山さんは五人をきつい眼差しで睨《にら》み、威嚇体勢を崩さない。

謝りたいって……本当に？

いまいち信じられずに困惑していると、彼女たちは一斉に私に頭を下げ、「ごめんなさい」と謝った。

「謝るだけなら誰でもできます。本当に反省しているんですか？」

「ちょっと、狭山さん！」

「ええ、しています……。実は私たち、今朝……杉原部長に貴方への嫌がらせの件で呼び出しを受けたんです。その時に自分たちがどれだけ愚かなことをしていたか自覚しました」

「え？」

呼び出し？

その言葉に驚くと、彼女たちは苦々しい表情で何があったのかを教えてくれる。

「研究所内の監視カメラを調べたそうです。私たちがしてきたことが全部映っていました」

「……証拠を突きつけられて、私たちのしていることが会社に損害を与える行為だと言われた時、初めて自分たちが愚かなことをしたのだと気づきました。お恥ずかしい話、深いことを何も考えてなかったんです……。一時の感情だけで貴方には大変申し訳ないことをしたと思っています」

え？　監視カメラを……？

ということは、確実に兄か父のどちらかが関与しているということだ。私は知らないところで事態が大きくなっていたことに気づき、血の気が引いた。

どうしましょう。あの二人に知られたなら、もう穏便にすませられない。お咎めなしというわけにはいかないもの……

私は彼女たちの言葉を聞きながら、『どうしよう』という言葉ばかりが頭の中をぐるぐると巡った。

「羽無瀬さん……。部長にものすごく愛されているんですね。彼、とても真剣に私たちに貴方への想いを打ち明けてきたんですよ……」

「え？」

良平さんが私への想いを？

私と狭山さんが顔を見合わせて首を傾げると、彼女たちが大仰な溜息をつき、肩を竦《すく》めた。

「だから……安心してください。私たちはもう何もしません。杉原部長の気持ちは痛いほどに分かりました」

「まぁ、私たちは部長に憧れていましたし、好きでした。そりゃ、あわよくばなんて思ったことがないと言えば嘘になります。でも、社内では抜け駆け禁止が暗黙の了解だったんですよ。それを破られたことに腹が立って、つい……。それに相手が冴えない研究バカの羽無瀬さんだし。少し虐めたら、すぐ別れると思って……ごめんなさい。浅はかでした」

彼女たちは私にもう一度頭を下げたあと、なぜか「頑張ってね」と憐憫の視線を向けてきた。

普通なら火に油を注ぎそうなのに、なぜ彼女たちは引いているのだろうか。本当に何を言ったの、良平さん……

強く怒ったとか？

「とりあえず、私たちは今回のことをほかに部長を好いている人に話しておくし、私たちのことが見せしめにもなると思うから……嫌がらせとかは今後なくなるとは思うわ」

「本当に悪かったと思っています。ごめんなさい……。羽無瀬さん、部長って実はあんな人だったんですね」

「え……？」

あんな人？

意味が分からず当惑すると、彼女たちは自分の受けた処罰についても教えてくれた。すでに取締役会で処分が決まったと、今日良平さん経由で知らされたと……

「と、取締役会？」

そんな……。なんてことを……！　取締役会なんて大袈裟なのよ！

皆から話を聞くと、一番私に嫌がらせをしていた研究員の三人は他府県にあるほかの研究所へ異動。総務と経理の人は部署異動。そして皆、減俸らしい。

その上、良平さんは今後二度と今回のようなことが起きないように、会社に残る二人に一部始終を周知することを命じ、さらに次また起これば絶対に許さないと断言したという。

そんな彼の行動に、私はもう真っ青だ。

私に一言もなく勝手すぎるわ……！　こんなの左遷じゃないのよ……

「ほかの研究所に異動といっても……しばらくは研究に携わらせないと部長に言われました。これが何より辛いです……自分のしたことなので仕方がないんですけど」

「そ、そんな……！」

それはひどい。研究者に研究させないとか、魚から水を奪うようなものだ。死んでしまう……！

今回のことは私の管理能力の問題でもあるのだから、公にはせずに私に任せてほしかったのに……

私は彼女たちと話を終えたあと、慌てて社長室まで走った。

もうお父様もお兄様も過保護なんだから……！

ちゃんと自分の力で解決したかったのに……。監視カメラのチェックや取締役会まで！　大袈裟なのよ！　何考えてるのよ！

内心苛立ちながら面談室を飛び出し、エレベーターを呼ぶ時間も惜しいとばかりに、階段を駆け上がる。そして、最上階まで上がった私はフロアの一番奥にある重厚な社長室のドアをバンッと開け放って叫んだ。

「お父様！　一体どういうつもりですか？」

すると、そこには父はおらず兄と良平さんがいた。二人は、なぜか和やかに談笑している。

「あれ？　お兄様、お父様はどこですか？」

「一昨日から出張でいないよ」

「あ、そうなんですね……」

きょろきょろと部屋の中を見回しながら訊《たず》ねると、兄が答える。その言葉を聞きながら、首を傾げた。

ということは、今回のことにお父様は関係ないのかしら？　いやでも、社長に内緒で取締役会なんて……

「お父様不在なのに、どうして社長室にいるんですか？　無断で入っちゃダメでしょう？」

私はいま自分が社長室に乗り込んだという事実を高い高い棚に上げて、兄と良平さんを呆れた目で見つめた。

「椿こそ、ノックもせずにドアを乱暴に開け放って……。来客中だったらどうするつもり？」

「あ！　ご、ごめんなさい。私、頭に血がのぼっていて……つい」

本当だわ。私ったら、なんてことを……！

やってしまったことに気がついて、慌てて頭を下げると、兄が笑った。

「まあいいよ。ねぇ、そんなことよりいいの？　もう隠すのやめたの？」

「へ？」

「椿、後ろ」

兄の言葉に思わず間の抜けた声が出ると、良平さんが私の後ろを指差した。なんだろうと首を傾げながら振り返ると——そこにはとても驚いた顔をしている狭山さんと顔面蒼白で固まる五人がいた。

まさかついてきているなんて思っていなくて、さーっと血の気が引いていく。

「え？　どうして？　どうしてここに？　話はもう終わったのに……」

「話が終わった瞬間、急に面談室を飛び出すから……どうかしたのかと思って……私たち……」

私の呟きに五人のうちの一人が震えながら答えてくれる。その顔は恐ろしいものでも見たかのように強張っていた。

ど、どうしよう。バレたわよね？

目の前が真っ暗になる。私は変な汗が噴き出すのを感じながら、眩暈で倒れそうな自分をなんとか奮い立たせた。

「あ、あの……」

「すみませんでした！」

弁解しようと思ったのに、五人が腰を九十度に折って勢いよく頭を下げてきた。出鼻をくじかれてしまい、泣きそうだ。軽くパニックだ。

ほ、本当にどうしよう……！

「う、羽無瀬さん、い、今……社長室に入ってお父様って言いましたよね？」

「……言ったかしら？」

「それに専務のことをお兄様とも呼びましたよね。ご、ごめんなさい。わ、私たち知らなかったんです。知っていたらこんな……」

嫌がらせなんて絶対にしなかったとでも言うのだろう。だから嫌なのだ。社長の娘と分かれば、誰しも態度を変える。気をつかわれる。そんな肩書き、仕事をする上で邪魔にしかならないのに。

私が何も言えずに深々と頭を下げたままの五人を見つめていると、場をぶったぎるように狭山さんがとても明るい声で「あー、どおりで。専務と羽無瀬さんって、似ていますもんね」とポンと手を叩いた。

え？　私たちが似てる？

予想もしない彼女の言葉に目を瞬かせた。

「似ていませんよ。お兄様と違って私は冴えないし……」

「いいえ、似てますよ。この前メイクとヘアセットをさせてもらった時からちょっと思っていたんですよね。第一、冴えないと感じるのはあまり自分に対して気をつかわないからだと思います。羽無瀬さんは、ちゃんとすればめちゃくちゃ綺麗で可愛いですよ。それに自己肯定感低い人にありがちなんですが、『自分なんて』『楽だから』を積み重ねて、普段の自分を適当に扱いがちなんですよ。ちゃんとおしゃれをして自分に対して愛のある接し方をしてあげてください。そうすれば、自ずと自信もついてきますよ」

私が綺麗で可愛い？　でも確かにどうせ私なんてと思っていた。普段は白衣だけがあればよくて、ほかのことに気を回したこともなかった。

自分に対して愛のある接し方……

目から鱗が落ちるような気分でいると、良平さんが近づいてきて私の顔を覗き込む。

「これからは僕がついているから、椿が自分を雑に扱うことはないよ。ね、椿？」

「は、はい……」

「ところで、椿は何が不満なんだい？」

「え？　そんなの不満しかありません！　こんなの横暴です！　罰が重すぎます！　研究者に研究

させないとか殺す気ですか？　息ができなくなります！」

なんでもないような顔で訊いてくる彼に噛みつくように怒鳴ると、彼は首を傾げた。

「横暴？　そうかな……？　皆、話せばちゃんと分かってくれたよ」

「だって、上から命じられれば頷くしかありません」

私が良平さんを睨《にら》みながらそう言うと、兄が割るように間に入ってくる。そして、皆に応接用のソファーに座るように促した。

「ごめんね、椿。僕が杉原くんに『君の椿への想いや姿勢を、噂などではなくはっきりと皆に示さないと、今回収めてもまたこういうことが起きるかもしれないよ』と言ったせいなんだ。でも、まさか真正面からいくとは思わなかったよ。三時間も語り尽くされて、さぞかし大変だっただろうね。よく頑張ったね……」

え？　三時間も……？　だから皆、引いていたの？

兄は、驚いている私をよそにクスクス笑いながら皆をねぎらう。でもその表情は確実に面白がっていた。

「それに……罰が重いとは言うけど、会社としては優秀な研究員を守る義務があるんだよ。結果を出している椿の邪魔をするということは、やっぱり会社にとっても損失になるからね。大体、就業時間内になんとか仕事を終わらせるようにと椿の意識を変えようとしている時に、わざわざ仕事を増やすような嫌がらせは、こちらとしてもかなり困る。……だけど椿は納得しないだろうから、今回は話して分かってもらえるようだったらそれでいいと思って、軽い罰にしたはずなんだけど、それでも不満？」

　どこが軽いのよ……

　私はくわっと目を剥いた。

「不満です。今回は私の管理の仕方が悪かったせいなので」

　しっかりと私の目を見ながら諭すように話す兄に反論すると、兄の目がすっと細まった。

「管理の仕方ね……。椿、別に研究をさせないってことは悪いことではないんだよ」

「悪いことです。魚から水を奪うようなものです。死んでしまいます」

「それはきっと君だけだよ。あのね……、しばらく研究に携わらせないというのは、異動に伴って新たに学んでもらいたいと思ったからだよ。彼女たちの普段の仕事ぶりを見て、そちらのほうがいいと判断したんだ。だから、異動は罰じゃない。罰は減俸だけだよ」

　異動は罰じゃない？　新たに学んでもらうため？

　予想もしていなかったことに私が目をぱちくりさせていると、兄が柔らかく皆に微笑みかける。

「それに離れたほうが皆も気まずくないでしょう？　別の研究所や他部署でちゃんと勉強して、今よりもスキルアップすることができれば会社としても僕としても嬉しく思うよ。ね、悲観的に考えないで異動先でも頑張ってくれるかな？」

「はい！」

　兄は色気たっぷりの目で皆に微笑みかけた。その表情に五人は頬を赤らめて、元気よく返事をする。

ちょっと、貴方たち良平さんのファンじゃなかったの？　とツッコみたくなるくらい、目がハートになっている五人に私は唖然とした。

大体、兄も兄だ。分かってそんなふうに流し目をして……

私は自分の容姿のよさを理解して惜しみなく使っている兄を睨《にら》みながら、あとで義姉にバラしてやろうと心に決めた。

「君たちは、このあと担当業務を整理して引継書にまとめてくれると助かるよ。それから、杉原くんは椿と話をしてきてくれるかな？　僕はもう少し彼女たちと話したいことがあるから」

そう言って、私と良平さん、あと狭山さんが社長室から追い出されてしまう。急に追い出されたので、パタンと閉まる社長室の扉を見つめたまま固まってしまって動けない。

えっと……。大丈夫なのかしら？

不安げに閉まったドアを見つめていると、良平さんが私の手を握り、狭山さんが私の背中をさすってくれる。

「羽無瀬さんも色々と思うところがあるでしょうけど、実際あの人たち、三人でよく騒いでばかりでちゃんとしていない時のほうが多かったですし、これでいいと思います」

「僕もそう思う。椿、専務が言ったようにちゃんと二人で話そう」

「それがいいですよ。羽無瀬さんが実は社長令嬢だったとか、そういう話はあとでしっかり聞かせてもらいますから、まずは二人で話してください」

二人の言葉に頷くと、良平さんがあからさまにホッとした顔をした。

「帰る用意をしてから迎えにいく」

「……はい」

そういえば……色々なことに驚いて、私のために動いてくれた彼にお礼を言っていない。

私の態度、悪かったわよね。良平さんを不安にさせてしまったのかもしれないわ。それも含めて、ちゃんと話さなきゃ……

私は部署に戻る良平さんを見送り、狭山さんと一緒に研究所へ戻った。

6

「あれ？　良平さん、おうちに帰らないんですか？」

「ああ、研究所で話したいんだ。ダメか？」

「いえ、ダメではありませんけれど……」

迎えにきた良平さんが私の手を引いて、そんなことを言ったので私は頷きつつ首を傾げた。

早く話がしたいってことなのかしら？　そうよね、喧嘩をしたわけではないけれど、私ったらずっとぷんぷん怒っていたし……

私がそう楽観的に考えているうちに、彼は迷いなく研究所の正面入り口側ではないほうのエレベーターへと乗り込んだ。そんな彼に驚愕する。

え？　このエレベーターって……

こちら側のエレベーターは奥まったところにあるせいか、誰も使わない。皆がよく使うエレベーターと違って私の仮眠部屋がある最上階へ繋がっているのだが、私は階段でこそこそ出入りするのが好きなので、実際あまり使わない。使うのは重いものを持っている時くらいだ。

私は何も言えないまま彼を見つめた。

きっと彼は監視カメラを見た時に、私の仮眠部屋の場所やエレベーターのことも確認したのだ。

そういえば、何度か必要なものを取るために出入りしたものね……

それにこれから先も彼と一緒にいたいと思うなら……いつかはこの部屋の存在を彼に話さなければならない。

ある意味、今回のこれはいい機会なのかもしれないわね。でも、めちゃくちゃ散らかっているんだけれど大丈夫かしら？

一瞬だけ腹を括ってはみたが、散らかっている自分の寝室を思い出して、うーんと唸る。

不安げな顔で良平さんを見ると、彼は私が首からさげている社員証をぐいっと引っ張り、エレベーターの認証パネルへかざして、最上階へのボタンを押した。この彼の行動にも困惑が隠せない。

部屋へ行くためのエレベーターの動かし方まで知っているなんて……！

きっと兄が教えたに違いない。

いつのまにか兄と恋人が裏で結託しているなんて変な気分だ。

「あ、あの、良平さん。私の仮眠部屋、今めちゃくちゃ散らかっているんです。本当に部屋というより倉庫みたいになっていて、きっとびっくりすると思います。それでも大丈夫ですか？」

「そんなことは気にしなくていい。それに、いつかはその倉庫みたいな部屋を見せてくれるって約束しただろ？」

「それはそうなんですけれど……。本当に驚かないでくださいね？」

というより、呆れないでほしい。私は俯いて自分のつま先を見つめた。

うう、片づけられない女だと思われたらどうしよう……。だけれど、私だって常々片づけようとは思っているのよ。でも、夜遅くまで仕事をして、部屋に上がるころには疲労困憊で――そのままシャワーを浴びて倒れたように眠ることが多いから、とてもじゃないが片づけられないのだ。それに休みの日は論文を読んだり勉強したりしていることが多いし……

それに最近は良平さんと一緒に住んでいるので、必要なものを取りに行くだけしか入らなくなった。……とどのつまり、自分は片づけられない女なのだ。そう肩を落とすと、彼が肩をポンポンと叩く。

「大丈夫だから、あまり気にするな。椿が日常生活に無頓着なのはもう知ってる」

「それはそれで、どうなんでしょう？　うう、直すように努めます」

「俺と暮らすようになってからは、ちゃんと普通の生活を送れているから気にするな」

それは良平さんのおかげだと思う。

良平さんのおかげで、残業をしすぎてご飯を食べ忘れるなんてこともなく、規則正しい生活を送れている。そのおかげで最近肌つやもいい。あ、これは毎晩愛されているせいなのかもしれないけれど……

ポッと頬を赤らめると、エレベーターが目的の階に着き、彼は私の頭を撫で「さぁ、どれくらい散らかってるかな」と笑う。

そんなに興味津々な顔をしないで……

第一、使いやすいように部屋の中は改装してもらっているが、廊下はほかの階と変わらない造りだ。それに使われていない階という設定なので、万一ほかの研究員が迷い込んでもいいように普段は照明を落としている。私は照明をつけるパネルに社員証をかざして、廊下の電気をつけた。すると、良平さんが眉根を寄せる。

「ん？　ほかの階と変わらなくないか？」

「そりゃそうですよ。それに、いくら私でも廊下まで散らかしたりしません」

彼の疑問に苦笑いで返す。

そこまで散らかしたりしない。ちょっと……いや、かなり心外だ。

信用のなさに内心泣きながらエレベーターを降り、キッチンやお風呂場などの水回り、書庫や例の散らかっている寝室などがあるところを案内してまわる。

彼は興味深そうに、中を覗きながら「これは確かに住めるな」と感心している。

「会社に自分専用のキッチンや風呂があるのはいいな。羨ましい」

「使いたいときはいつでも使ってください。あとで義姉に頼んで、良平さんの社員証でもここに来られるようにしておくので」

「それは嬉しいな」

そんな話をしながら、廊下の奥にある寝室のドアを開けて、電気をパチンとつけた。

その瞬間、良平さんの顔が引き攣《つ》ったのが分かって、そっと目を逸らす。

そりゃ引いちゃうわよね。書庫に入りきらない学術書や論文などが床に平積みされ、さながら本のタワーのようになっているのだから……

「これはすごいな……。書庫があるんだから、読んだらしまえよ」

「だって……あそこにはもう入りきらないんです。なので、三ヵ月前にリビングのほうに新しい本棚を入れてもらったんですが、忙しくて整理が追いついていなくて……」

あははと誤魔化すように笑うと、彼にじろりと睨《にら》まれて縮こまる。

「でも一見すると、今にも雪崩が起きてきそうですが、実はそんなことはなくて……積まれた本の横にもまた本が積まれているので、お互いが支え合っていて絶対崩れたりはしないんですよ。すごくないですか？」

「何がすごいのか、さっぱり分からないな」

良平さんは動揺した私の意味の分からない言い訳に小さく溜息をついて、入り口近くにある本を一冊手に取ってパラパラめくった。

「付箋が貼ってあったり、メモが取られている紙が挟まっていたりして、椿がすげぇ勉強してることは分かる。分かるけどどな、片づけくらいはちゃんとしろ。実際積まれた本の一番下とかもう読まねぇだろ？」

「は、はい……読んだ順から積んでいくので、下のはもう読みません……。でも、たまに読みたくなって下から引き抜こうとすると全部崩しちゃって、それどころじゃなくなるんですよね」

「……それは本棚を使わないからだ。椿、話はあとだ。先に片づけるぞ。こんな部屋で話せるか」

そう言った彼が本を何冊か持って部屋から出ていったので、私も同様に本を持ってついていく。

そしてリビングへ入ると、彼は本を並べてくれていた。

「ごめんなさい」

「謝らなくていい。それに謝らなきゃならないのは俺だしな」

「え……？」

「三時間も語って悪かった……。でも俺は皆に自分の気持ちを知ってもらいたくて必死だったんだ。たとえ心の中では笑われていたんだとしても、椿がもう虐められないならそれでいい。そのためなら喜んで俺は笑い者になるよ」

「良平さん……」

「それに椿だって悪いんだぞ。ちゃんと話してくれないから、俺たちで動くしかなくなるんだ。どうしたいかも含めて話してくれないと何も分からない」

真っ直ぐに見つめてくる良平さんの真剣な眼差しと言葉に、私は硬直したまま動けなくなった。

すると、彼は困ったように笑いながら、私の手から本を取って本棚に並べ、またあちらの部屋に戻って本を取って戻ってくる。

彼は彼なりに色々考えて私のために動いてくれていたんだ。それなのに、ずっと怒ってばかりで……

それに彼の言うとおりだ。自分の置かれている状況と考えをちゃんと伝えていないのに、重い罰だと言って怒る資格なんてない。反省すべきは私だ。

「椿、並べ方とかにこだわりはあるか？」

「へ？　あ、とりあえず並べるだけでいいです。あとで、ちゃんと読みやすい順に並べるので」

そう答えると、良平さんは難しい顔で首を横に振った。

「ダメだ。三ヵ月も本棚に本を並べなかった椿に、そんなことできるわけねぇだろ。それどころか、読んだら戻すということができるかも怪しい」

「う……でも」

「でも、じゃない。第一、こんな分厚い本が崩れてきたら危ないだろ。ちゃんと片づけるくせをつけてくれ。これなんて、百科事典みたいに分厚いし、言っとくが凶器だぞ」

「ごめんなさい……」

確かに本の山が崩れてきてハードカバーの本が足に直撃したら痛そうだ。想像してしまった私は小さく震えた。

彼はいつもこうだ。いつも私のことを考えてくれる。そんな彼の想いに怒ってしまった自分が情けなくて、誤魔化すようにエヘへと笑う。

「それにしても本当に素晴らしいな。俺も君たち研究員と議論できるように勉強しているつもりだが、こういった専門書の類は一冊読むだけで苦労する。それなのにこれだけの量を読み切るのは大したものだ。この努力が仕事にいきているんだと本気で思うよ。現に君の書く論文や研究発表は分かりやすい」

「ありがとうございます。勉強するのは好きなんです」

感心している彼に、ニコッと微笑んで本のカバーに触れる。

確かに書いてあることは難しいが、ここにはいつも私が欲しい情報が書かれている。読めば読むほど、突き詰めれば突き詰めるほど、自分の知識になっていくのが楽しくてたまらないのだ。

それに迷った時や分からなくなった時にはいつでも道を示してくれる。この本たちは私にとっての指針だ。でも調べても見つけられなかったら先行研究がないということなので、それはそれで俄然やる気が出てくる。

私は自分の研究バカっぷりにクスッと笑ってから、本棚に並べた。

「それより良平さん。いつもありがとうございます。いっぱい私のことを考えてくれて嬉しいです。今回本当にすごく支えられていることを実感しました」

「椿」

「でも、三時間はいくらなんでもやりすぎですけどね。さすがに恥ずかしいので、次からはやめましょう。良平さんが変な人認定されるのは私が嫌なので。それにこれからは、どんなことでもちゃんと相談します」

「ああ、そうしてくれると助かる」

笑いながらそう言うと、彼が私の頬に手を伸ばす。その手つきはいつもと同じように優しかった。

会話を止めて二人で見つめ合う。しんと静まり返った部屋の中に、自分の鼓動だけが響いて、彼にバレてしまうんじゃないかと思って落ち着かない。

「椿」

名前を呼ばれて、ゆっくりと顔が近づいてくる。

あ、キスされる。そう思ったのと同時に、奥の部屋で本が盛大に崩れる音がした。その音にビクッと体が飛び上がる。

「はぁっ、続きはあとだ。先に片づけるぞ」

「は、はい。ごめんなさい……」

お願いだから今は崩れないでほしかった……。せっかくのいい雰囲気が壊れて、私は肩を落とした。

そうは言っても積み上げているのが悪いので、完全に自分のせいなのだが。

＊＊＊

「そういえば、どうして社長室にいたんですか？　何か問題でもあったんですか？」

寝室に山積みだった本を片づけたあと、お腹が空いて冷蔵庫を覗いてみると空っぽだったので、良平さんと手を繋いで夕食の買い出しへと出かけた。その帰り道でそう訊《たず》ねると、彼が何やら含みのある笑みを浮かべる。

良平さんの表情的に悪いことは起きていないってことかしら？　でも社長不在時に二人が社長室にいるのはおかしいわよね。

訝しげに彼を見つめると、彼は私の額を指で弾いた。

「っ！　良平さん……」

「専務がな、話を聞いた椿が絶対に社長室に乗り込んでくるだろうから待っていようって言ったんだ」

「え？　なんですか、それ……」

額を押さえながら顔を引き攣《つ》らせると、彼は楽しそうな笑みをさらに濃くする。

「本当に来るから驚いたよ。さすが専務、椿の兄だ。よく分かっている」

そんな……そんなことってある？

「俺も専務くらい椿のことを分かるようになりたい」

良平さんはそう言いながら少し悔しそうにしているが、私は驚きしかない。

まさか行動を読まれているなんて思わなくて声が震える。

「そんな……嘘でしょ」

「嘘じゃない。それより、椿。取締役会っていうのは大袈裟に聞こえるかもしれないが、専務が言っていたように結果を出す社員を守るのは会社としては当然のことだ。これは椿が社長の娘だから、特別扱いをしたわけじゃない。君の出す研究結果は会社にとって、とても有益なんだ。つまり辞められると困るんだよ」

「でも……お父様は優秀な研究員はほかにもいるって言いましたし、私の研究をおままごと扱いもしました……」

私が唇を尖らせると、良平さんは歩いている足を止めて私の頬をぐにっと摘んだ。

「ひゃめて……」

「拗ねるなよ。あれは言葉のあやだろ」

父が私の行く末を心配してくれていることは、痛いほどに伝わってくる。良平さんとお付き合いをして一緒に挨拶に行って、父が私を想う気持ちがよく分かった。

「もちろん分かっています。でも、それとこれとは話が違うんですよ。正直なところ根に持っています。お父様が反省しているのは分かっていますが、根には持ちます」

彼の手から逃れてふんっと顔を背けると、彼は笑いながら頭を撫でてくる。

「よしよし。分かっていても今までの頑張りを否定されたみたいで悲しかったんだよな」

その手も声もまるで子供をあやすみたいに優しく甘やかだ。

「良平さん……」

「だけどな、そのことはもう許してやれ。社長は、椿が一人ブラック企業をしているのが心配でたまらなかったんだ。椿が過労死するくらいなら、会社が不利益を被ったとしても辞めさせたいと考えたんだろ。それは娘を想う親として当然の考えだ。分かってやれよ」

「それは……分かっています。でも……」

「でも、じゃない。俺だって社長と同じ気持ちだ。椿が過労で倒れるくらいなら、たとえ君に嫌われても俺は君から仕事を取り上げる」

良平さんの強い眼差しに何も言えなくなって固まってしまう。彼を見つめていると、表情を柔らかくした彼が私の頭をポンポンと叩いた。

「挨拶の時に言ってただろ。ちゃんと時間を守れるなら、結婚後も働いていいって。取締役会で出した結論は君を安心して働かせてやりたいという社長の思いでもある。だから根に持ってやるな。娘に嫌われたら、きっと社長は泣くと思うぞ」

「……お父様に泣かれるのは困りますね」

「君に嫌われたら俺だって泣くけどな」

茶化すようにそう言って肩を竦《すく》める良平さんに私は力が抜けてクスクスと笑う。

そうね。私の仕事への姿勢が悪かったのにも原因があるのだから、そのことはもう忘れてあげましょう。それに、私もあの五人も取締役会の結果を真摯に受け止めて、月曜日からまた仕事を頑張らなきゃならない。過去を振り返ってる暇なんてないわよね。

その決意を胸に、私はしっかりと頷いて「根に持つのをやめます」と言った。

「そうしてくれ」

「あ……良平さん。そういえば、今日は研究所に泊まるんですか？」

「ああ。明日は土曜日で休みだしいいかなと思ってな……。俺が思っていた以上に、研究所内の椿の部屋は快適だったから——いつも椿が過ごしている場所で、俺も過ごしてみたいと思ったんだ。だから、今日はあの部屋で一緒に過ごそう」

「はい。……でも、いずれは全部片づけて良平さんのおうちにちゃんと引っ越しますね」

「いや、片づけなくていい。あれだけの大量の本を俺の家には持って来られないしな……。あそこは書庫や休憩所として使えばいいんじゃないのか？」

「はい！」

片づけなくていいなら嬉しい。私が即答すると、「それに仕事中の密会場所にも使えるし、色々便利そうだ」と、色気たっぷりの声で囁いてくる。

「み、密会場所だなんて、そんな……！」

「ん？　なんだ？　椿、いま何考えた？」

「～～っ！　ち、違います！」

「何が違うんだよ？　椿のエッチ」

「だから違います！」

顔を真っ赤にして叫ぶと、ニヤニヤと笑いながら彼が抱きついてくる。

彼の腕の中から逃げようとすると、「なぁ、椿」と色を含んだ声で私の名前を呼びながら、じゃれるようにすり寄ってきてキスをせがむ。

「ダメです。外ですよ」

彼のキスから逃げると、良平さんの手が伸びてきてすぐに捕まる。視線が絡み合うと胸が高鳴って、また顔を俯けて彼の視線から逃げてしまった。

「良平さん……」

「じゃあ、帰るか。椿、帰ったらいっぱいキスしような」

頬を両手で挟みながら、こつんと額を重ね合う。下に向けていた視線をおずおずと上げて、笑っている良平さんを見る。その表情はとても優しかったが、目の奥には私を求める情欲の炎を灯していた。

「はい……」

「いい子だ」

手を繋ぎ、研究所へ向かう。会社の近くで手を繋いで歩くのは少々気恥ずかしいが、やっぱり嬉しい気持ちが勝《まさ》る。

「なんだか変な感じです」

「ん？」

「研究所に泊まる時はいつも一人でしたから、こうやって二人で一緒に戻るなんて、少し不思議な気分です」

繋いでいた手を外し彼の腕に絡め直す。そして彼の肩に甘えるように頭を乗せた。少し歩きづらいが、あたたかくて幸せだ。

「もう一人でなんて絶対に泊まらせないから、これからはこれが普通になるさ」

「ふふ、そうですね」

「はぁ、やばい。俺、もう我慢できねぇかも。椿……腹減っているのは分かってるんだが、帰ったら襲っていいか？」

「〜〜〜っ！」

いきなり何を言い出すのかと、ぎょっとする。が、良平さんは「早く帰るぞ」と言って、彼の腕に絡めていた私の手を引いて早足で歩き出した。

「りょ、良平さん……！」

彼のストレートな言葉と態度がとても恥ずかしい。でもすごく嬉しかった。

そういえば、この件が全部片づいたらお仕置きとか言っていたけれど……まさか今日されるのかしら。

彼からのお仕置きを想像して体が火照り、心臓がけたたましく鼓動を打ち鳴らす。

やだ、これじゃまるで期待しているみたいじゃない……。私ったら。

彼との行為を想像して熱くなった顔を俯けたまま、研究所のエレベーターに彼と一緒に乗り込み、認証パネルに社員証をかざす。その間も、恥ずかしくて顔を上げられなかった。

エレベーターが目的の階に着いて、彼に手を引かれるままに降りると、すぐに唇が奪われる。

「待っ、りょうへ、んんっ」

「待てない」

「で、でも、せめて買った食材を冷蔵庫に、っ」

「あとでいい」

キスを交わしながら、廊下に買ったものを放り出す良平さんの胸を軽く押すと、彼はまた私の唇を奪う。そしてそのまま、山積みの本がなくなった寝室へとなだれ込んだ。

彼は唇を合わせたまま、私をベッドに押し倒すと、シャツを捲り上げ中に手を入れて胸を揉む。

冷蔵庫に食材を入れる時間すら惜しいと言いたげな彼の性急な愛撫から、彼が私を強く求めているのが伝わってきて、多幸感が私を包む。

「んんっ、っぁ……良平さっ、んんっ」

彼は顔の角度を変えて深く味わうようにキスをして、ゆっくりと唇を離した。そして彼は私のシャツのボタンを気早な手つきで外していった。その間にでも離れるのが名残惜しいと言わんばかりに私の唇を食《は》む。

「椿」

私の名前を愛おしそうに呼んで、シャツのボタンがすべて外されて露わになった首筋に吸いつき、次は耳に唇を寄せた。その時に彼の吐息が耳を掠めて、体が小さく震える。

「あっ……！」

「早く椿が欲しい」

自分を欲してくれる彼の劣情が、私をときめかせる。心も体も高められて熱くなっていくのだ。

良平さんは私のシャツとブラを一気に取り払うと、剥き出しになった胸を直接揉み上げた。彼の手の中で淫靡《いんび》に形を変える胸の先端に吸いついていく。

「あっ、ん……あぁ」

乳房を揉みしだきながら、つんと立ち上がった先端を舌で転がし吸われると、体中にぞくぞくしたものが走る。まるで彼の手や舌が触れたところが熱を持ったかのように、熱い。

「ふ、っ……あ、りょ、良平さんっ」

身悶えながら良平さんを見ると、彼は胸を愛撫しながら空いている手でスカートのファスナーをおろし、スカートとストッキングをするりと脱がした。そして私の脚の間に陣取って、露わになったショーツを見てきた。

やだ、見ないで……

下着一枚という恥ずかしい恰好なのに、彼の興奮が伝わってくるせいか、そこまで恥ずかしくない。でも心臓が壊れそうなくらいけたたましい。

「良平さん……好き……愛しています」

「俺も愛している」

ぎゅっと抱き締めて、愛の言葉を返してくれる。だが、脚の間にいるものだから彼が抱きつくと、自然と脚が大きく広く。

あ……

そのとき彼の熱くて硬いものが下肢の間に当たって、一瞬息が止まる。彼は当たっていることに気づいていないのか、夢中で私の胸を愛撫していた。舐めて吸って、甘く歯を立てる。もう片方の胸は先端をくりくりと摘み上げて、揉む。

彼は淫らな音を立てながら、飢えた獣のような表情で私を追い込んでいった。

「ふぁっ、あっ！　りょ、良平さんっ……私、良平さんが、欲しいのっ……もっと、もっとして」

悩ましげな息を吐き、彼に懇願する。だが彼は返事をしてくれず、今度は反対のほうの胸に吸いついた。私の反応に薄く笑いながら、尖らせた舌先で先端を捏ねられ吸われると、さらに我慢ができなくなった。

「りょ、良平さっ……おねが、い……ひとつになりたいの」

彼の背中に手をまわしてもう一度ねだると、彼は私の胸にむしゃぶりつきながらベルトのバックルへと手をかけた。そして性急な手つきでカチャカチャと外す。

「はぁ、っ、仕方ないな。そんなに可愛くねだられると、加減できなくなるぞ」

「しなくていいです。襲ってくれるんでしょう？　襲ってください……」

「っ！」

私の言葉に息を呑んだ彼がスラックスの前をくつろげながら、私の唇を荒々しく求める。

「んぅ」

噛みつくようなキスは私の呼吸すらも奪い、体温を急速に上げていく。良平さんが余裕をなくして私を求めてくれているということに、とても興奮した。

「ああっ、ひゃっ……待っ、んぅ」

ショーツのクロッチを脇にずらして、良平さんが隆々と漲らせた屹立をぬるぬると擦りつけてくる。

彼が腰を動かすたびに、ぬめり気を帯びた音がして恥ずかしい。

キスをされて胸を愛撫されただけで、まだ一度もそこには触れられていないというのに、私のそこはもうとろとろで、しとどに濡れていた。

私ったら……いつのまにこんなに濡れて……

彼を求めて欲しがっているのが自分でも恥ずかしいほどに分かってしまって、羞恥から手で顔を覆い隠す。

「椿、おいで」

「え……」

良平さんは顔を隠している私の手を引いて体を起こさせた。そして膝の上に跨らせる。

腰を落とすとお互いの性器が擦れ合う感じがして、彼の肩に手を置いて腰を浮かせた。

ぷるぷると震えながら困り顔で良平さんを見つめると、彼は私の腰を左手でなぞり、濡れそぼった蜜口には彼の硬い屹立ではなく指を突き立てた。

「ふっ、んぅ……やぁ、どうして、ああっ」

てっきり良平さんの屹立を挿れてもらえると思っていたのに、予想外のことに混乱する。でも彼に触れられると私の体は淫らな音を立てながら、愛液をあふれさせてしまう。

それが分かっているのか、彼は私の愛液を纏わりつかせた指でその潤いの元を辿るように中を擦り上げた。

「んあぁっ、りょ、良平さんっ」

「可愛い……もう挿れてほしいのか？　でもダメだ。椿にはお仕置きをしなきゃならないからな」

「っ⁉」

「たっぷりと虐めてやるから覚悟しろよ」

彼の色気に息を呑む。ふるふると小さく首を横に振って無理だと訴えてみるが、彼は私の耳朶《じだ》を舐《ねぶ》りながら、私の懇願を一蹴した。

「ダメだ」

彼の言葉で目に涙が滲んできて、小さく唇を噛んで俯く。

「そんなに可愛い顔をするなよ。我慢できなくなるだろ」

「我慢、しないで……」

「ちゃんと相談できない悪い子の椿にはじっくりと教え込まないといけないから我慢しろ」

「そ、そのことはもう……充分なくらい分かっています……次からちゃんと相談するから、許して……」

「その想いと言葉を信じていないわけじゃないが、これはお仕置きだからダメだ。体でもしっかり覚えろ」

そんな……

彼の言葉にいやいやと首を横に振ったのと同時に、蜜口に突き立てられた指がまるで生き物のようにうごめく。彼に中を擦り上げられると、意思とは反して体が悦んでしまう。

良平さんの意地悪……！

帰り道では一瞬期待してしまったが、やっぱりお仕置きは嫌だ。私は何度も首を横に振った。

「椿、お預けの時間は長いほうが、そのあとのご褒美が甘美だぞ」

「はぅ、あっ……そ、そんなの、やぁっ、あんっ……っぅ」

彼は左手で私の胸を弄びながら、そんなことをのたまう。私は縋《すが》るように彼を見つめ、いちかばちか賭けに出てみることにした。

ごくりと息を呑む。

「指じゃ、いやなの……良平さんが欲しいの……」

甘えるようにすり寄り、彼に精一杯のお願いをする。彼だって余裕がないはずだ。だって、帰ってきた時の彼の態度がそれを物語っている。だからきっとお願いをすれば彼は叶えてくれる……

だって、良平さんはなんだかんだと言って優しいもの。

ぎゅっと彼に抱きつく手に力を込めると、彼の喉が大きく上下したのが分かった。

「上手におねだりができるのはいい子だが、わざと俺を煽ろうとするのは褒められないな。椿、罰として指でイケよ。俺のが欲しいと思いながら、指で感じて達してしまう椿を俺に見せろ」

「ひゃっ、あぁっ！」

ぐちゅっと音を立てて、奥まで指を突き立て中をかき回される。内壁を擦り上げられ、指先で子宮口をなぞられると背中が弓なりにしなった。

やだ……どうして？　どうして、お願いを聞いてくれないの？　私が間違えたことをしたから？

分かってはいるが、お仕置きをされるのはやっぱり辛い。それに、話し合って解決したと思っていたのに……

良平さんは私が顔を背けないように後頭部をしっかりと押さえて、私の中を嬲《なぶ》る。指の腹で内壁を擦り上げ、挿入を連想させるリズムで出し挿れされると、段々と思考が濁っていく。

「あうっ、ああっ……やあぁっ！」

もう指じゃ嫌だとかそんなことは考えられなくなってきて、ただ彼がくれる快感を追い求める。

彼の指をつたって愛液が滴り落ちた。

「椿、今どうなってる？　ちゃんと俺に教えろよ」

「っ、ど、どうって……」

「なんでも話せるように、今ここで練習しような」

練習……？

彼の嗜虐《しぎゃく》的な笑みに息を呑む。そんな恥ずかしいことはできないと考えるより先に、首を横に振っていた。その途端、良平さんが花芽を指で強く押し潰す。

「んぅっ!!」

「椿。俺になんでも相談してくれるというのは嘘だったのか？」

「嘘じゃ……」

「ならできるよな？　それに椿がちゃんと言ってくれないと、君のいいところが分からないじゃないか」

い、意地悪……

私以上に私の体のいいところを知っているくせに、そんなことをうそぶく彼にひどく困惑した。

眉尻を下げて彼を見ると、楽しそうに私のことを見て笑っていた。彼は中にうずめている指を動かさずに、ジッと私を見てる。

動かしてくれないせいか、彼の指の感触を強く感じて、私は唇を噛んだ。すると、彼の指先が中で少しうごめく。恥骨の下あたりを押し上げられて背中が仰け反った。

「ほら、椿。早く」

「あ、あっ……ふぁ、あっ……ま、待って……ひぅ」

「仕事中はいつも分かりやすく説明してくれるじゃないか。今だって上手にできるだろ？」

「そ、そんなの……できませ、んあぁっ」

涙ながらに首を横に振っても彼は譲ってくれない。

こ、これがお仕置き？

とんだ辱めだ。私は瞳に涙をいっぱい溜めて、彼を睨《にら》みつけた。そして意を決して口を開く。

「りょ、良平さんに、触ってもらって……私の体は、もう限界なんです」

「どう限界なんだ？」

「貴方のことが欲しくてたまらないの……。もっとたくさん触ってほしいし、貴方とひとつにもなりたいです……こんなはしたない私でも愛してくれますか？」

「上等」

「あぁあ——っ！」

その言葉と共に最奥を指でなぞられて、目の前に火花が散ったと思うと、次に視界が一気に真っ白に染まる。私は体を大きく仰け反らせて、達してしまった。

彼はそのまま後ろに倒れそうになった私の体を支えベッドに寝かせ、濡れてぐちょぐちょになったショーツを脱がしてくれる。

「椿、可愛い。ちゃんと言えたな。じゃあ、ご褒美をやろうか？」

「意地悪……」

「エッチな椿は歓迎だ。どれほどはしたなくなっても俺の愛は変わらないから、遠慮せずにすべて見せろ」

ニヤリと笑いながら、熱く昂ったものを蜜口に突き立てる。私が不満げに彼を睨《にら》むと愉しげに笑って、先ほどの私の問いに返事をした。

「それにお仕置きするって最初から言ってあっただろ？」

「でも、お話をして……これからはちゃんと相談するって約束したのに……」

「だから、軽いお仕置きですませてやったんだろ。それとも椿はもっときついお仕置きのほうがお望みか？」

クスクスと揶揄《からか》うように笑う彼に、私は頬を膨らませた。意地悪な彼に仕返しがしたくなって、彼の胸をどんっと押す。予想もしてなかったのだろう。少しよろけて驚いた顔で私を見る彼の頬を両手でがしっと掴む。

「椿？」

「ひとつになる前に、私にもさせてください」

そう言って自ら良平さんにキスをし、彼の口の中に舌を入れて吸った。くちゅくちゅと唾液を交わしながら良平さんの舌に自分の舌を懸命に絡めていると、彼の手が後頭部に回る。彼は巧みに主導権を奪い返すと、私の口内を犯しはじめた。

「ん……んぅ、ふぁっ」

良平さんの舌が上顎をなぞると体がびくんと跳ねて力が抜けそうになる。負けじと彼の舌を吸おうと舌を伸ばしても、彼の舌が私の舌を捕まえて吸い上げる。さっき自分がしていたキスとは全然違う官能を呼び起こすようなキスだった。

「んんぅ！」

「可愛い」

体が大きく跳ねてしまうと、キスの合間に笑われる。彼は舌のつけ根をなぞりながら、私の腰に手を這わせた。その手を制止する。

「待って……私にも、させてください」

「挿れてほしかったんじゃないのか？」

「そ、そうですが、私もしたくなったんです。ダメですか？」

「ダメではないが……」

いつもはそんなことを言い出さないので、彼が腑に落ちない顔をしている。

だけど、意地悪すぎる彼には少し怒っているのだ。

少し仕返しがしてやりたくて、私は上目遣いで彼を見つめた。

「いつも私ばかり気持ちよくしてもらってるので、今夜は私も良平さんを気持ちよくしたいです。舐めてもいいですか？」

「は……」

目を見張ったまま固まって動かない彼の脚の間に移動する。そして熱《いき》り勃ったものに手を伸ばした。

「わぁ、すごく熱い……」

素直な感想が口をつく。

それは火傷しそうなくらい熱くて私の手の中でびくびくと脈打っていた。

「ちょっと待った……！」

まじまじと見ていると、体をべりっと引き離される。抗議の視線を向けると、彼が大きな溜息をついた。

「それはダメだ。そんなことはさせられない」

「どうしてですか？　エッチは二人でするものでしょう？」

「それはそうだけど……でもダメだ」

頑なな良平さんの態度に不満げに眉根を寄せる。じっとりとした目で彼を見ていると、彼が観念したように頭を掻く。

「そんな顔するなよ……」

「良平さんばかり私のいいところを知ってるのはずるいです。私にも貴方の感じるところを教えてください」

「はぁっ、分かった。但し、一緒にしよう」

「一緒？」

きょとんとすると良平さんがベッドに寝転がった。そして状況が呑み込めず固まっている私をお腹の上に乗せる。

「えっ⁉」

彼にお尻を向ける形で乗せられて、混乱する。振り返って良平さんを見ると、彼がニッと笑った。

「お互い舐め合うなら、この姿勢のほうがいいだろう？　それとも恥ずかしいならやめにするか？」

「やめませんっ！」

間髪を容れずに否定する。らしくないことをしていることくらい分かっている。それでも言い出した手前あとには引けなかった。

私は意を決して、彼の顔の上に跨って、自分も彼の屹立に手を伸ばした。

うう、この体勢恥ずかしい……

これが世に言うシックスナインというやつだろうか。私には難易度が高いなと思いながらも、今さら無理だとは言えないので、目を瞑《つぶ》って恥ずかしさをこらえる。

目を開けなければ見えないから、きっと大丈夫よね？　それに頑張れば本当に彼を気持ちよくしてあげられるかもしれないわ。

彼の意地悪への仕返しのつもりだったが、彼をよくしてあげたいと思う気持ちに嘘はない。いつも与えてもらうばかりじゃなくて、私も彼に返したい。そうやって寄り添って生きていきたいのだ。言うなれば、これはその第一歩だ。

頑張るのよ、私！

私はごくっと息を呑んだ。

「え……？　やっ、待って……ひゃんっ」

舐めようとした瞬間、良平さんに先に舐められてしまい彼の硬い屹立を握ったまま体を震わせた。

彼はまるで食べるみたいに大きく口を動かして愛液を啜《すす》り、舌先で花芽をこりこりと嬲《なぶ》ってくる。

私はその大きな快感に耐えるだけで必死だった。とても自分から舐められそうにない。

「ああっ、ダメッ……それしちゃ、やだっ、舐められなっ、ひゃあぁっ！」

本当にダメ……私がしたいのに……

逃げようと腰を浮かせた私の腰をがっしりとホールドして、花芽に吸いついてくる。

「はうっ！」

「どうしたんだ？　可愛い声で啼いてばかりいないで、椿も好きなようにしろよ。舐めてくれるんだろ？」

「やっ、だって……こんなの、ああっ、気持ちいっ」

良平さんはクスッと笑って、尖らせた舌でぐりぐりと花芽を押し潰した。

「あぁっ！」

こんなの気持ちよすぎて無理だ。余裕綽々な良平さんと違って、私は彼の下半身に抱きつき、快感に耐えることしかできない。

うう、気持ちいい……。でも負けないんだから、私も……

なんとか自分を奮い立たせ、ほぼ縋《すが》りつくように掴んでいるだけの彼の硬い屹立を何とか口に含んでみる。その瞬間、花芽に歯を立てられて、せっかく咥えられたのに口が離れてしまった。

「あ、あっ……ふぁ、あっ……か、噛んじゃ……ひぅ」

ぶるぶると身悶える。良平さんは吸いつきながら舌先でちろちろと舐めてくる。それが気持ちよすぎて、涙が勝手にあふれてきた。そんな私の反応を嘲笑うように蜜口に二本の指が突き立てられる。

「椿。もっと気持ちよくなろうか」

「ああっ……も、もぅ、じゅうぶん、気持ちいっ、ですっ……だから、手加減してっ、舐められないの」

「素直でいい子だが、まだまだだ。俺を出し抜こうとするとどうなるか、しっかり味わえよ」

「ふぇ？　あっ！　ひゃぁんっ！」

彼は奥深く指を突き立てて、最奥を擦り上げてきた。目を大きく見開いて、太ももがくがくと震える。

なんてことだろう。仕返ししようとしていたことがバレていたなんて……！

「んあぁ、あっ……ごめんなさっ、も、もうしませんっ……」

何度も謝るが、彼は奥深く沈めた指の動きを止めてくれない。同時に舌先で花芽も捏ねくりまわされて、私は背中を弓なりに反らせた。

やだ、気持ちいい。こんなのすぐイッちゃう。

「りょ、良平さんっ、ごめんなさい……我慢できなっ」

絶頂が迫ってきていやいやと首を横に振ると、一層指の動きが速くなる。ぐちゅぐちゅといやらしい音を立てながら、私を絶頂へと押し上げた。

「ひあぁぁっ！」

「ひ――っ‼」

目を大きく見開いて、体が大きく仰け反る。しかし次の瞬間にはがくんと崩れ落ちた。

私はゼーハーと荒い呼吸を繰り返しながら、彼の熱い昂りに舌を這わせた。だが、無理やり引き剥がされて彼の上からおろされる。

「……怒ってるんですか?」

「いや、怒ってはいない。ただ慣れないことを必死でやろうとしているのが可愛すぎて、つい啼かせたくなっただけだ」

「なんですか、それ……」

「でもさすがにそろそろ我慢の限界かな」

そう苦々しく笑った彼が、私をベッドに押し倒した。

「椿」

名前を呼ばれたのと同時に、火傷しそうなくらい熱い楔が体の中に入ってくる。急な刺激に目を大きく見開き、空気を求めてはくはくと息をした。

「はぅ、あっ、ああっ」

彼は一気に奥まで挿れずに入り口の浅いところを擦り上げ、軽く揺する。それだけでも、イッたばかりの体には刺激が強くて、気持ちよくてたまらなかった。

甘い声が自然と漏れて、彼を奥にいざなうように腰が揺れる。でも、彼は腰をゆるやかに揺するだけで、奥までくれなかった。

「腰、揺れてる」

指摘されて、顔に熱が集まってくる。恥ずかしさから目を逸らすと、花芽に愛液が塗りつけられる。彼は敏感な花芽を指先で捏ねながら、巧みな腰使いで屹立を抜き差しした。ゆっくりと奥まで挿れられて、嫌でも彼のかたちを意識してしまう。

「う、あっぁあ……」

ねっとりと体を押し開かれる感覚に、中が蠕動《ぜんどう》する。もっと強い感覚が欲しくて、ねだるように彼を扱き上げるのだ。

「りょ、良平さんっ……」

切なげな声で彼の名前を呼び手を伸ばすと、彼がニヤリと笑って私の脚を体につくくらい折り曲げる。彼のものが入っているところを見せつけるようにゆるゆると前後に腰を動かしてきた。

彼はさっき確かにご褒美をくれると言ったはずなのに、結局意地悪ばかりだ。私は涙をぽろぽろとこぼしながら、何度も首を横に振った。

「やだぁっ、意地悪……しないでっ、おねがっ」

「さてどうしようか。俺としては先ほどの礼に、じっくりと椿の体をとろかせたいんだが」

「っ！　お礼なんていりません」

もう充分なくらい気持ちいい。これ以上焦らされるのは毒だ。

彼は嗜虐《しぎゃく》的に笑って、揶揄《からか》うように私を見つめる。でもその瞳の奥には、ゆらゆらと情欲の炎がゆらめいていた。

本当は欲しいけれど我慢して意地悪をしているんだと思うと、たまらなく愛おしくなってくる。

私は彼に手を伸ばして頬に触れた。

「良平さんこそ、そんなに我慢しないでください。本当はもっとしっかりと一つになりたいくせに……。ね？　意地悪しないで優しくしてください。私、全部受け止めますから……」

震える声を絞り出してそう言うと、彼の眉がぴくりと動いた。

「へぇ、言うようになったじゃないか。なら、俺の本気を全部ぶつけてやるよ」

「え？　――っ！」

彼の唇が弧を描いたのと同時に、熱い屹立が私の体を一気に貫く。私は突然の大きな刺激に声にならない悲鳴を上げながら、大きく目を見開いた。

「やぁあぁっ！　待っ、ああっ！」

「待たない。お望みどおり、我慢せずに犯してやるから覚悟しろ」

「ひゃんっ、あっ……は、っぅ」

良平さんは馴染むのを待たずにガツガツと最奥を穿つ。奥を一気にこじ開けられ突き上げられるのは苦しいのに、気持ちよくてたまらない。少し乱暴に抱かれているのに、それを悦んでしまっている自分を否定できなかった。

待ち望んだ快感に膣内が悦んで、彼の屹立をきゅっと締めつける。

「椿」

「あんっ……ひぁっ、ああっ！」

彼は熱い息を吐き箍《たが》が外れた表情をしながらも、私の反応を逃すまいと強い眼差しで見つめてくる。触れるだけのキスを交わした瞬間、彼が今よりも深く中に入ってきた。そして腰のスピードを速めて奥を激しく穿つ。

彼に貫かれるたびに、ぐちゅぐちゅと淫らな濡れ音が部屋に響いた。

「んんぅ、ひゃっ……ぁあっ……あぅ」

彼は雁首で内壁を擦り上げ、私のいいところを丹念に突いてくる。

擦れる感覚がすごくて良平さんのかたちがはっきりと分かってしまう。つま先をきゅっと丸めて、激しい快感に耐えようと試みても、到底ままならない。

「りょ、良平さっ、ダメッ……イッちゃうの、イッちゃうからぁ、ひゃんっ！」

髪を振り乱して首を横に振ると、彼が胸に手を伸ばした。胸の先端をくりくりと転がしながら、最奥を突き上げられると、絶頂の波が襲ってくる。

「ああっ!!」

強く求められ、中を目一杯押し広げられる。彼のかたちにぴったりと沿う感覚に、多幸感が私を包んだ。

嬉しい。夢中になって私を求めてくれる彼が愛しい。

奥深く繋がれていることが嬉しくて、彼に力強く抱きついて甘えると、彼も私を抱き締めてくれる。

私は彼の髪に指を差し込み、いつも彼がしてくれているようにゆっくりと頭を撫でた。すると、彼が私の胸の先端に舌を伸ばして舐めてくる。甘く歯を立てて、先端をちゅっと吸い上げるのだ。

「っ、締まる。椿の中、すげぇ気持ちいい」

「ひあっ、ああ……あぅ、ん」

ストレートな言葉が恥ずかしいが嬉しい。お腹の奥がずくりと疼《うず》いて、また彼を締めつけてしまった。

良平さんは甘えるように胸を吸ったり揉んだりしながら、腰を大きくグラインドさせて奥を抉る。

「ふぁっ、ああ……」

「椿、気持ちいいか？」

耳元に響く彼の声が、イッたばかりの体を今よりもっと疼《うず》かせる。

良平さんが胸から顔を上げて私を見つめると、彼の濡れた唇と私の胸の間に銀色の糸が引いた。

その光景が恥ずかしくて、思わず目を逸らしてしまうと、彼は咎めるように胸の先端を摘んで奥をぐりぐりと刺激してきた。

「やぁ、んっ……あっ……りょ、りょうへい、さんっ」

それ、ダメ、しないで……

大きすぎる快感に仰け反ると、彼が不敵に笑う。

「ほら、恥ずかしがっていないで素直になれよ。体はめちゃくちゃ素直なのに、椿自身は素直になってくれないのか？　さっきみたいな強気な椿を見せてくれよ」

そんなこと言わないで……

先ほどの勢いはすでに彼により摘み取られてしまっている。

今はもう彼の為すがままだ。

でも丹念に愛撫された胸の先端はぷっくりと立ち上がっていて、そこを捏ねられると触れられている胸も彼と繋がっている蜜口も、私の代わりに気持ちいいと返事をしているみたいに、じんわりと痺れて熱が広がっていく。

「仕方がないな」

「あんっ！」

良平さんはそう言って、思いのままに熱い昂りを出し挿れしてきた。胸を好きなように揉みしだき吸いつき、雁首で内壁を擦り上げながらぎりぎりまで引き抜いて、また勢いよく奥まで穿つ。しかも奥を抉るように腰を大きくグラインドするものだから、彼の恥骨が花芽を擦る。

ダメ、これ……。気持ちよすぎて変になりそう。

「ふぁあっ……ああっ」

「椿」

私の名前を呼んだ彼が指に愛液を纏わせて、花芽をぬるぬると捏ねる。奥を擦り上げられながら、敏感なところを触られて、目の奥が明滅を繰り返した。

「ひゃっ、あ……やっ、もうだめぇ」

「ダメじゃなくて、もっとだろ？」

「ひ――っ！」

彼はその言葉と共に腰を激しく打ちつけた。あまりの大きな快感に頭の中が一気に真っ白に染まって、びくびくと体を跳ねさせてから、ぐったりとシーツに沈む。でも、彼は腰を止めてくれなかった。それどころか花芽も一緒に捏ねまわしてくる。

「ひぅっ、やっ……待っ、いま、イッたの……待って、っ」

「それはできない相談だな。椿が言ったんじゃないか、我慢するなって」

「っ！　ひゃあっ、ぁっ、やぁ、んっ……んんぅ！」

言った……言ったけれど……！　でも、もう無理なのに……

良平さんはイッたばかりで敏感になっている私の体を楽しみながら、唇を合わせた。舌が絡むのと同時に、愛しむように頭を撫でてくれる。

意地悪なことを言っていても、結局彼は優しいのだ。

彼の優しい手にうっとりと目を閉じると、すぐさま奥を穿たれ目を大きく開かされる。

「椿、愛している。俺はもう君に溺れているんだ。一生離さない。だから、椿も覚悟をしろよ」

唇が触れたまま囁かれる愛の言葉に、嬉しくて涙が出て、自然と顔が綻ぶ。

覚悟……

私もとうに良平さんに溺れてしまっている。良平さんじゃなきゃ嫌だ。付き合って想いを通わせて、そんなに時間は経っていないが、もう彼と生きる道以外考えられない。考えたくない。

彼の覚悟という言葉を聞いて、私は心がしっかりと決まった。今回だって私のために頑張ってくれた彼に、彼の想いに、いつまでも甘えていたくない。覚悟を決めて、彼に相応しい恋人——いえ、奥さんになりたいと強く思う。

「良平さん……私、覚悟決めます……」

「椿……」

その言葉に動きを止めた良平さんが真顔になる。私の言葉を聞こうとしてくれているのが分かって、私はふにゃっと笑った。

「私、皆に話します。兎之山の娘だって……。良平さんがお婿さんに来てくれた時に、私と苗字が違ったら皆も変に思ってしまうし、それに私……貴方の隣に立っても恥ずかしくない人間になりたいです。今回の件が起きたのは私の不甲斐なさからだと思いました。だから、強くなります。貴方の隣に立てるのは私だけだって皆が認めてくれるような――そんな私になれるように頑張りますから、良平さん、私と結婚してくれませんか？」

「バカ。それは俺のセリフだ。俺に言わせろよ」

「ご、ごめんなさっ、でも、あっ、やあぁんっ」

いきなり奥を擦り上げられて一際大きな声を上げると、彼は腰を前後に揺すりながら私の唇にキスを落とす。そして左手の薬指を彼の指がなぞった。

「椿、結婚しよう。明日ちゃんとした指輪を選ぼうな」

「は、いぃっ、ああっ……ひゃぁあぁっ」

ちゃんと返事がしたいのに、言葉が紡げない。体から力が抜けて、良平さんのくれる快感に染まっていく。気持ちよくて、もう何も考えられない。

「ああっ、好き……りょ、へ、ぃ……好きなのっ」

「俺も好きだ。愛してる」

快感に浮かされながら何度も好きだと告げる。彼は私の愛の言葉に力強く答え、徐々に腰の動きを激しくしていった。その熱に、法悦の波に呑まれていく。

貴方とならこれから先何があっても手を取り合って生きていける。

良平さん。私、研究以外にも大切にしたいものを見つけました。朝起きたら、もっとちゃんと自分の想いを伝えたい。

そう強く思って、私は彼の腕の中で目を閉じた。だがその瞬間、彼が片脚を掴んで脚を大きく開かせてきた。そしてずんっと大きく突き上げる。

「――っ!!」

何が起きたのか分からなかった。目を見開いたまま良平さんを見ると、彼が愉しげに笑う。

「椿、まだだ。俺の本気はこんなものじゃないぞ」

「え？　でも、私もう……」

「全部受け止めてくれるって言ったじゃないか。ほら、まだこんなに熱いんだぞ。俺の奥さんは優しいから中途半端に俺を放り出したりしないよな？」

彼の言葉に顔を引き攣《つ》らせる。

まるで言い聞かせるように宥《なだ》めて、熱《いき》り勃ったものをあてがう。泣きながら首を横に振っても、彼は笑うだけだ。

「やぁっ、気持ちよすぎて、ダメなのっ」

「椿のダメはもっとだもんな？　これされるの好きだろう？」

「ひうっ、あっ、好き、好きだけど……今は、やあぁぁっ！」

「もっとイッて乱れろ。宣言通り俺の全部を受け止めさせてやるよ」

自分が何回イッたのかも分からないまま、彼の思うがままに揺さぶられる。

でも気持ちよかった。苦しいのに気持ちよくてたまらないのだ。

「ご……ごめんなさっ、もうしないからぁっ」

彼を煽ることがどういうことかを身を以て思い知った。

私はその後良平さんには絶対仕返しをしないと——心の中で何度も誓った。

＊＊＊

「……疲れた」

ひどい目にあったわ……

ベッドにうつ伏せになりながら、冷蔵庫から取り出したペットボトルのミネラルウォーターを飲む良平さんを眺める。

あのあと彼はもう一回戦だけして解放してくれた。

彼の体力が尽きるまでじゃなくて本当によかったと安堵の息をつきながら、水を求めて彼がベッド脇の棚に置いてくれたペットボトルに手を伸ばす。寝転んでいても飲めるようにストロー付きだ。

こんなところに棚なんてあったのね。本を積みすぎてて、すっかり忘れていたわ。

先人の知恵を床に積んだままにするなんて敬意が足りなかったと反省をしながら、ちらっと良平さんを見る。

疲労困憊な私とは対照的に彼はとてもツヤツヤしていた。

「運動してみようかな……」

「どうした？　急に」

ポツリと独り言をこぼすと、彼がベッドに腰掛けて背中をさすってくれる。

「だって……良平さんは体力が凄まじいじゃないですか。それに比べて私は全然ないから……。貴方とのエッチに耐えうる体力と筋肉を身につけようかと……。良平さん、一緒に走りませんか？」

研究所にこもって仕事三昧だった私には、体力も筋肉もないに等しい。運動は苦手だが、良平さんとなら続けられる気がするのだ。

私が真剣な顔でそう言うと、彼は束の間考え込んで「無理じゃないのか」と言った。頑張ろうと決めた気持ちを否定されて、一気に心を落胆が占める。

「無理をさせている俺が言うのもなんだが、急に俺に合わせて走ったらそれこそぶっ倒れるぞ。まずは簡単な筋トレから始めようか。俺が教えてやる」

「ありがとうございます……！」

なんだ、そういう意味……。

ふふふと笑って寝転んだまま、彼の腰回りに抱きつく。

「良平さん、いつも私のために心を砕いてくれてありがとうございます」

すると、彼が私を抱き起こして膝に座らせてくれた。

「どうした？」

「急にお礼が言いたくなって……。良平さん、私……研究と同じくらい大切なものを見つけました」

「……それって」

「はい。私は仕事と同じくらいに恋も頑張りたいです。貴方が大切です」

目を見開いたまま震えている彼に抱きつく。

仕事命に生きてきた少し前の自分なら考えられなかったことだ。

「良平さん、私に根気よく向き合って大切なものを教えてくれてありがとうございました。大好きです」

「それは俺だってそうだ。君が俺に色々な喜びや幸せを教えてくれるんだ」

目に涙を滲ませて強く抱き返す彼の胸にすり寄る。

これから先、些細なことで言い合って喧嘩をするかもしれない。でもそのたびに話し合えばすむことだ。

そして喧嘩の最後には一緒に笑い合いたい。

彼と紡ぐ幸せな時間を考えるだけで、胸がいっぱいになって、私も彼と同様に泣いてしまった。

あの日自暴自棄になった私の『抱いて』という一言が、こんなにも素敵な実を結んだ。

良平さん、これからもたくさんの幸せを積み上げていきましょうね。

番外編　婚前旅行

研究所内の休憩室の窓を開けると、若葉の香りを漂わせる風が頬を掠める。

私はマグカップに入った紅茶を数口飲んで、小さく息をついた。

すっかり平和ね……

あの騒動から、はや数ヵ月。近頃は嫌がらせもなく平穏な日々が続いている。

彼女たちへの処分がある意味見せしめにもなっているのだろうが……、何より兎之山の娘だと明かしたことが大きいと思う。

「椿」

外を眺めながらそんなことを考えていると、良平さんの声がした。愛しい人の声に振り返ると、彼が笑顔で入ってくる。その姿を視界に留めて、目を丸くした。

「どうしたんですか？　就業中にこちらに来るなんて珍しいですね。何か問題でも？」

「いや、所長と少し話があっただけだ。椿のほうは何も問題はないか？」

いそいそと近づけば、彼の手が私の頬に触れる。仕事中なのに顔が綻びそうになって、慌てて引き締めた。

「何も。あの一件からすごく平和ですよ。そのおかげで仕事も滞りなく進められています」

「それならいいが、何かあったらすぐに言えよ」

「ありがとうございます。でも『兎之山椿』に何かする人なんていませんよ。あ、コーヒー淹れますね」

苦々しく笑いながら、エスプレッソマシンのスイッチを押す。

そう。社長の娘に何かをする人なんていない。

機械から抽出されるエスプレッソを見ていると良平さんが頭を撫でたので、弾かれるように顔を上げた。

「窮屈か？」

「少し……。でも色々なことに向き合うって決めたので、平気です」

そう言って笑うと、彼が「えらいえらい」と頭をガシガシと撫でてくる。

いつもとは違う少々強引な撫で方に抗議の声を上げた。

「ちょっと！　良平さん……！」

「よし！　頑張っている椿にご褒美をやるよ」

「え……？　ご褒美、ですか？」

乱れた髪を手櫛でなおしながら良平さんを睨《にら》むと、彼が唐突にそんなことを言い出した。話題についていけず困惑すると、彼がニッと笑う。

「息抜きをしよう。努力家なところは椿のいいところではあるが、如何せん君は気負いすぎるきらいがある。だから仕事を忘れて、泊まりがけでどこかに行かないか？」

泊まりがけ？　ということは、良平さんと……

やっと理解が追いつくと、途端に嬉しさが襲ってくる。

「嬉しい！　ぜひ行きたいです！」

どこに行くのかしら。ううん、どこでも嬉しいわ。

恋人から旅行に誘われるという人生初めての経験に感動していると、彼が私の頬をふにふにと軽く摘んだ。

「決まりだな。じゃあ、ナポリはどうだ？　椿、サンタ・ルチアっていう歌好きだろ。好きな歌の舞台を見たくないか？」

「え？」

確かに好きだが、そんな話は一度もしたことがない。私は彼に知られていることに驚きが隠せず、大きく目を開けて彼を見た。

「ど、どうして知っているんですか？　私、言いましたっけ？」

「だってたまに口ずさんでいるじゃないか。それにこの上の椿の部屋にＣＤが置いてあったし、てっきり好きだと思ったんだが違うのか？」

「いえ、好きですけど……」

口ずさむ？　私が？

そんなことをしているなんてと、私は自分の口元を手で隠した。

全く覚えがない。でもそれが本当なら、すごく恥ずかしい。

彼は抽出が終わったエスプレッソを手に取りながら、クスッと笑った。

「まさか気づいてなかったのか？　これは失敗したな。次からあの可愛い姿が見られなくなる」

「忘れて……」

「え？」

「今すぐ忘れてください！」

「こら、危ない。こぼれるだろ」

顔を真っ赤にして良平さんを叩くと、彼に手を掴まれてしまう。振り払おうとしたその時、私たちの横を狭山さんが通った。

え……

気配を消して入ってくるものだから、驚いて二度見してしまう。

彼女は私たちに目もくれず、フルーツティーの粉末スティックを手に取り、黙々とカップにお湯を注ぎはじめた。

「えっと……狭山さん……？」

「あ、私のことは気にせず続けてください」

ニコリと微笑み、彼女は休憩室から出ていった。その背中から目が離せないでいると、何かを思い出したように振り返ってこう言った。

「婚前旅行、素敵ですね。海外なら色々なしがらみから解放されて楽しめそうですし。それに確かシチリアで国際学会が開かれるみたいですよ」

「こ、婚前!?」

「しがらみから解放されろと言いながら、余計な情報を置いていかないでよ、狭山さん」

私が飛び上がると、良平さんが苦笑する。

それにしても一体いつから聞かれていたのかしら？　でも国際学会か……。大学院生の時にあたふたしながら頑張ったなぁ。

あの時はすごく大変だったし死にそうなくらい緊張したが、今となってはいい経験だ。

当時を思い出していると、良平さんが顔を覗き込んでくる。

「シチリアにするか？」

「いいえ。ナポリに行きたいです！」

首を大きく横に振る。

良平さんは私が学会に興味を示していると思っているのかもしれないが、正直ああいう場は好まない。後学のためにはよいのだろうが、苦手だ。緊張するし……

「私はサンタ・ルチア港に行けるほうが嬉しいです」

キリスト教徒だったために迫害を受け殉教したとされる聖女ルチア。彼女の名を冠する港をこの目で見て、彼女へ捧げるカンツォーネを聴く。絶対そっちのほうが楽しいに決まっている。

「じゃあ、決まりな」

「はい！」

私は嬉しすぎて会社だということも忘れて、彼に抱きついた。

いつだって私を色々なところに連れ出してくれる良平さんには感謝でいっぱいだ。

ありがとうございます、良平さん。

＊＊＊

「わぁ！　ここがあの有名な……」

私は目を輝かせながら、サンタ・ルチア港に立った。大きな港なだけあって、たくさんの船が停泊していてとても賑わっている。

穏やかな海と心地よい海風――ナポリ湾に面した美しい港。写真でしか見たことがない景色を、自分の目で見られるなんて感動だ。

「気に入ったか？」

「はい！」

私の手を握り問いかける良平さんに、満面の笑みで大きく頷く。

夏のバカンス中ということもあり、色々な国の人が思い思いに楽しんでいる。その姿を見ているだけでも、ナポリに来たという実感が沸々とわいてきて心が浮き立った。

この場から離れがたくて、海岸沿いを散歩してから予約しているホテルへ向かうことにした。

「可愛いお部屋ですね！」

ホテルに着き、ドアを開くと水色を基調とした部屋が出迎えてくれる。

大きな窓から見える海が、水色の壁紙と相まってまるで絵画のようだった。そのうえ女性受けしそうな家具類や足元に広がる幾何学模様の床。目に入るすべてが私の心を打った。

こんな可愛らしいところに泊まれるなんて素敵!!

「あ！　ここからも海が見えるんですね。すごい！」

私はバスルームの窓から海を眺めて、ほぅっと息をついた。港が近いせいか眺望が最高だ。

「良平さん、ありがとうございます」

室内を探検している私の後ろをついてきて、微笑ましそうにしている良平さんに頭を下げる。彼は私から窓へ視線を移して、「実は……」と苦笑した。

「専務に椿の好みを色々と教えてもらったんだ」

「兄に？」

「俺としては専務に頼らず椿を喜ばせたかったんだが、そのほうがさらに満足度を上げてやれると思ったんだ。正解だったな。喜んでもらえて嬉しいよ」

良平さん……

心を砕いてくれる彼に、この景色以上に感動した。嬉しさがあふれてきて彼に抱きつく。

「泣くなよ」

「まだ泣いてません。でも泣きそうなくらい嬉しいです。良平さん、いつもありがとうございます。

良平さんの好みも色々教えてくださいね。私も良平さんの満足度を上げて、この旅を素晴らしいものにしたいです」

「俺は椿が楽しそうに笑っているだけで充分だよ」

「もう。そんなこと言わないで、教えてください。私、良平さんが喜んでくれるならなんでもします」

考えとくと言いながら私の手に軽く触れる彼に、なんだか胸が熱くなった。

「サンタ・ルチアの歌を教えたのも専務なんだろ？」

「やだ。そんなことまで聞いたんですか？」

兄とは八歳ほど年が離れていることもあって、幼い時はたくさん面倒を見てもらった。兄の後ろをついてまわっていた昔を思い出して面映ゆくなり、照れ笑いをした。

「ああ。泣くといつもその歌をせがんだって言ってたよ。椿ってブラコンなんだな」

「は？　そんなことありません」

確かに兄は私に甘いのでシスコンに見えるかもしれないが、私は違う。

良平さんの評価に不満げな声を出すと、彼が首を横に振る。そして肩に額を押しつけてきた。

「そんなことあるよ。俺、絶対専務より頼り甲斐のある男になるから、もうちょっと待っていてくれ」

突然の宣言に、胸がキュンとした。

少し拗ねた顔なのもずるい。私は高鳴る胸中を誤魔化すように、視線を景色へと向けた。

「公私共にとても頼り甲斐がありますよ。私、良平さん以上にかっこいい人なんて知りませんから……」

「ありがとう。でも今のところ負けっぱなしだから頑張るよ」

「勝ち負けではないと思いますが……」

私への嫌がらせの件で兄が動いたことを気にしているのかしら。でもあれは、良平さんがすごく頑張ってくれたから解決したのに……

良平さんの気持ちを理解したくて考え込んでいると、彼が甘えるようにすり寄ってくる。頭を撫でると、彼が気持ちよさそうに目を細めた。

「椿。今日は何をして過ごそうか？　着いたばかりだし、ベッドでゆっくり過ごすのもいいよな」

「それは魅力的なお誘いですけど……ここまで来て部屋にこもるのはもったいないです。それにお腹も空きましたし……」

「それもそうか。じゃあ散歩がてら何か食べに出よう」

「ひゃっ」

良平さんはそう言って、私の耳朶《じだ》に噛みついた。そして耳の縁を舐める。突然そんなことをされてつい座り込んでしまった私を横目に、鼻歌混じりにバスルームを出ていった。

きゅ、急に何するの……？

「さて、どこに行こうか」

「せっかくだから本場のイタリアンが食べたいです」

外に出て海を見ると、先ほど揶揄《からか》われたことを忘れてしまえるから不思議だ。

「でも……雰囲気のいいお店がたくさんあって迷いますね」

きょろきょろと周りを見回しても素敵なお店ばかりで選べない。ガイドブックでおすすめのお店を確認しようとすると、彼が私の手から奪い取った。

「あ……！」

「こういうのは直感で選んだほうが楽しめる」

そう言って、良平さんは目の前にあるお店に入っていってしまった。一瞬ぽかんと口を開けて固まってしまうが、ハッと我にかえって彼を追いかける。

まあ旅先でふらりと立ち寄るのもご縁よね。

「綺麗……」

良平さんに続いてお店に入ると、テラス席に通された。そこにはヴェスヴィオ火山を背景に、どこまでも高く澄み切った空と眩いばかりの青い光を放つナポリ湾が広がっていた。

「絶景ですね。ここで食事ができるなんて夢みたい」

「ほら、正解だったろ」

「はい」

得意げに笑う彼に頷きながら、メニューを開く。

えっと……南イタリアといえばトマトと魚介が豊富というイメージよね。

「椿は何が食べたい？　好きなものを頼もう」

「悩んじゃいますね。やっぱり海の幸のパスタを……あ、でもトマトのスパゲッティも捨てがたいです……」

「なら、ムール貝のスープとトマトのスパゲッティにしよう。それからサラダと……せっかくだしナポリの伝統料理も注文するか」

メニューと睨《にら》めっこして悩んでいる間に、彼がてきぱきとオーダーしてくれる。でも些か数が多い。

「そんなに食べられるでしょうか？」

「大丈夫、大丈夫」

そう言って笑う彼とメニューを見ていると、ほどなくして料理が運ばれてくる。

「わぁ！　すごく豪華ですね。これがスープ⁉」

ムール貝や海老、蛸《たこ》がふんだんに使われていて、スープというよりは海の幸を堪能したいという欲を満たしてくれそうな料理だ。続いてきたナポリの伝統料理——魴鮄《ほうぼう》のパッケリは、ペンネを巨大化させたようなとても大きなチューブ状のパスタに、魴鮄《ほうぼう》が丸ごと一匹使われていた。

私は海の幸の旨味が凝縮されているような香りに、ごくりと喉を鳴らした。

「どれも美味しそう……」

「たくさん食え。観光は思った以上に体力使うからな。しっかり食べておかないとへばるぞ」

そうよね。色々見てまわるんだから、元気をつけないと。

こくりと頷いて、良平さんが取り分けてくれたものを口に運ぶ。一口食べるたびに幸せの味がした。

「……!!　良平さん、このトマトのスパゲッティを食べてみてください。めちゃくちゃ美味しいです」

さすがトマトの生産が盛んな土地だ。干しトマトを大量に使って味付けがされていて、日本で食べるトマト系のパスタとは全然違う。

「今まで食べたパスタの中で二番目に美味しいです」

「大袈裟だな。じゃあ、一番はどこのだ？」

クスクス笑いながら彼が一口分フォークに巻きつけて口に放り込んだ。

「確かに美味いな。このムール貝のスープとあわせて食べると絶品だ」

「ね、すごく美味しいでしょう。でも一番は良平さんが作ってくれたパスタですけどね。料理だけじゃありません。貴方がくれたもの全部がすごく大切だし一番です」

「椿……？」

「兄に負けていると感じる必要なんてありません。私は良平さんが大好きです。貴方だからこそ、仕事と同じくらい恋愛も大切にしたいと思ったんです。だから自信を持ってください」

真っ直ぐ見据えてそう伝えると、彼が目を見張る。でもすぐに口元を手で押さえて、目を逸らした。心なしか顔が少し赤い。

「可愛いこと言うなよ。今すぐホテルに連れ帰りたくなるだろ」

「ふふっ。じゃあそうしますか？」

「いや、せっかくだから少し見てまわろう」

惜しがる表情で笑う良平さんに、私もどこか残念な気持ちで微笑み返した。

ホテルでイチャイチャしたい気持ちと彼と色々なところを見てまわりたい気持ちが、どちらも強くあって選べないのだ。

私の考えていることが分かったのか、彼は柔らかい表情で私の手を握った。

「焦らなくていい。時間はたっぷりあるんだから、やりたいことを全部やろう」

「はい！」

元気よく頷くと、彼が「さて……」と立ち上がる。

「そろそろ行こうか。ナポリの街を散策しよう」

「はい」

そう言ってエスコートするように腕を差し出す。その腕に手を絡め、次はどんな素晴らしい光景が見られるのかと胸を躍らせながらレストランを出た。

本当に素敵な街ね……

風光明媚な湾岸。古代の名残を体感できる建物。そのすべてにロマンがあふれている。あの有名なことわざ『ナポリを見てから死ね』というのが納得できるほどに、見るものすべてが素晴らしかった。

研究所に引き込もって仕事ばかりしていては見られなかった景色だ。色々なところに連れ出し、得がたい経験をさせてくれる良平さんには感謝しかない。

「わぁ、すごい！　色々なお店がありますね」

旧市街のほうに行くと、パン屋や雑貨店、青果店など、たくさんのお店が建ち並んでいた。すごく賑わっていて、見ているだけでも楽しそうだ。

「お土産屋さんもあるんですね。少し見ていきませんか？」

少し歩くと土産屋を見つけたので、彼の手を引っ張りお店に近づいた。

あ、あれは何かしら？

入り口のところに真っ赤なトウガラシのようなチャームがたくさん入っている箱を見つけて、一つ手に取ってみた。シンプルなものから人形がついているもの、色々な作りのものがあって、無性に気になってジッと見てしまう。

「ちょっと可愛いかも……」

「ああ、それはコルノだ」

独り言ちると、良平さんがすかさず返事をしてくれた。そんな彼の顔をキョトンと見る。

コルノ？　トウガラシじゃないんだ……

「幸運を呼ぶお守りだ。壊れたら災いが去るらしい」

「へぇ。コルノってことは角なんですね……」

どう見てもそうは見えなくて、私はそのチャームを凝視した。すると、お店の人がローマ時代から続く伝統あるお守りだと教えてくれる。

そんなに昔から……。でも確かギリシャ神話でも動物の角にまつわる話があったような……

「昔は子孫繁栄の意味があったけど今は薄れてきているから、シンプルに幸運を呼ぶラッキーアイテムだと思えばいいよ」

「そうなんですね……。どちらの意味でも縁起のいいお守りですね。じゃあ、お土産に買って行こうかしら。この王冠がついてあるやつとか可愛い……って、あれ？」

顔を上げると良平さんは隣にいなかった。

え、どこ？　お、お店の中に入ったのかしら？

色々教えてくれたお店の人にぺこりと頭を下げて店内に入ると、予想どおり良平さんは中で商品を見ていた。彼の姿を見つけてホッと安堵の息をつく。

よかった。はぐれてしまったのかと思っちゃった。

「良平さん。何を見ているんですか？」

「ん？　ちょっとこの酒が気になったんだ」

彼の側に行くと、イタリア半島型のボトルを見せてくれる。レモンの絵が描かれていて可愛いらしい。

「カンパニア州の特産品らしい。椿、レモン好きだろう？　飲むだけじゃなく、料理や製菓にも使えるから、いいと思ってな」

「お菓子作ってくれるんですか？」

良平さんってお菓子も作れるのね。すごい！

目を輝かせながら、買ってもらったお酒とコルノを大切にかかえる。スキップしたいくらい嬉しくて仕方がなかった。

そのあとは色々なお店を見てまわり、ショッピングを楽しんだ。そして細くて狭い路地を抜けると、広場が見えてくる。

「ここは先ほどの賑やかな通りと違って静かですね」

「サンドメニコ・マッジョーレ広場だ。あのオベリスクの上に立っているのが聖ドミニコの像らしい」

良平さんがガイドブックを見ながら教えてくれる。周りを囲む建物と後ろの要塞のような教会の建物がマッチしていて、とても趣がある広場だった。

無計画に歩いてもガイドブックに紹介されている場所に出るなんて、得した気分ね。あ、でもナポリの中心地は歴史地区として世界遺産に登録されているんだっけ？

良平さんの手の中のガイドブックを覗き込むと、彼が私の手を引いた。

「椿。せっかくだから、教会も見ていこうか」

「はい」

手を繋いだまま、中に入る。その瞬間、驚かされた。

え、すごい……！

外観は特にこれといった装飾もなく地味だったのに、中は打って変わって豪華絢爛だった。白漆喰地に金の縁取りのある礼拝堂。そして美しい絵画。見事な中世建築に、一瞬で目を奪われた。

「綺麗……。荘厳とはこのことを言うんでしょうね……。本当に素晴らしいです」

圧倒されてつい呆けてしまう。私が煌びやかな柱を見上げていると、繋いでいる手の力が強くなった。

「良平さん？」

「愛している」

「え……」

突然の愛の告白に目をパチクリさせる。彼は繋いでいる私の手を引き寄せて、手の甲にキスをした。びっくりして動けない私を見て彼は微笑を浮かべた。そして、私の頬を軽く撫でる。

「神の前で椿に愛を伝えたくなったんだ。椿、愛している。これからもずっと大切にする。必ず幸せにすると誓うから、俺と結婚してくれないか？」

彼からのプロポーズに、目を見開く。その大きく開かれた瞳から、涙がぽろりと落ちた。彼の愛の言葉が私の心を内側から包み込んでくれる。彼は流れ落ちる涙を拭いながら、私を抱き締めた。

「返事を聞かせてくれないのか？　それともまだ心の準備ができないか？」

そっと耳元で囁かれる。彼の声が鼓膜を揺らして、嬉しさの中に恥ずかしさが混ざる。急に心臓が速く鼓動を打って、私は泣きながら首を横に振るのが精一杯だった。そんな私を見て、彼が「可愛い」と嬉しそうに笑う。注がれる愛情深い眼差しに、ちょうどよく柱で死角になっているのをいいことに彼にキスをした。

「良平さん、好きです……大好きです。愛しています」

キスをすると、言葉があふれてくる。良平さんに抱きつくと、見惚れるほどかっこよく彼が笑った。

「椿、ホテルに帰ろう。もう我慢できない。君が欲しい」

「私も……」

互いの想いが同じだということが分かれば、もう抑えられない。しっかりと手を繋いで、足早にホテルへの道のりを戻った。

＊＊＊

「疲れていないか？」

ホテルに帰るなり、良平さんが背後から抱きついてくる。お腹の前で手を交差させ、ぎゅっと抱き込まれると、少し落ち着いていた心臓がまた速くなった。

「平気です。良平さんは？」

「俺はすごく元気だよ」

くしゃっと髪を撫でて、彼はミニバーから水と炭酸水を取り出した。そして今日買ったレモンリキュールを持って、寝室に入っていく。

さっき買ったお酒だわ。エッチする前に飲むのかな……

すぐに押し倒されなくて、少しホッとしたような、残念なような、複雑な心持ちでカクテルを作ってくれる彼に氷を渡した。

「ああ、ありがとう」

「何を作ってくれるんですか？」

「椿がベッドで大胆になれるやつ」

「え……？」

それって、どういうの？

私が疑問符を飛ばしている間に、良平さんはコリンズグラスに砂糖を入れ、カットしたレモンを絞った。その手元をジッと見つめる。

次に氷とソーダ、バースプーン一杯だけのレモンリキュール。そして仕上げには輪切りにしたレモン。作り方を見る限り、普通そうだった。あれはどういう意味だったんだろうと首を傾げながら、彼からグラスを受け取る。

「美味しい！」

一口飲むとレモンのすっきりとしたさわやかな酸味とほどよい甘さが口の中に広がる。スプーン一杯分しかリキュールが入っていないからかジュース感覚で飲めるくらい、口当たりがよかった。

お酒を飲みながら、ちらりと良平さんを盗み見る。彼はショットグラスで飲んでいた。

リキュールをストレートで飲むなんて、きつくないのかしら？

「良平さんもこちらを飲んでみてください。美味しいですよ」

「ありがとう。じゃあ、椿もこっちを飲んでみるか？」

「いいんですか？」

一口なら大丈夫よね、きっと。

おずおずとショットグラスを受け取ろうとすると、寸前で奪われて彼が飲んでしまう。

「あ、ひどい！　……んっ、んぅ⁉」

文句を言おうとしたら唇を奪われてリキュールを口の中に流し込まれた。その瞬間、口内に甘いものが広がる。でもすぐに度数の高いお酒特有の強い刺激が襲ってきて、くらりと眩暈を覚えた。

慌てて良平さんの胸を押すと、彼はひどく緩慢な動きで離れていき、笑った。

「はぁっ、は、っ……こ、こんなの、普通に飲むより酔ってしまいます、っ」

彼は呟き込みながら抗議している私を膝に跨らせた。そして私の手にカクテルが入ったグラスを持たせる。

「次は椿が飲ませてくれよ」

掠れた声に体がビクッと揺れる。身動《みじろ》ぐと彼はスカートの中に手を入れてお尻をゆっくり撫で回してきた。

「ほら、早く……」

「は、はい」

意を決してカクテルを口に含み、彼にキスをする。途端、口内に舌が捩じ込まれ、口に含んだお酒をすり合わされる。

「ん、んんぅ」

口の中のお酒がなくなると、良平さんは私の手からグラスを奪い口に含んだ。そしてまたキスされる。それを何度か繰り返すと、頭がボーッとしてくる。

「良平さん……酔っちゃいます……」

「酔わせてるんだよ」

甘くて口当たりがいいが、思ったより強いお酒のようでくらくらしてしまう。彼の胸に寄りかかると、お尻の辺りに硬いものがあたって、体が分かりやすいくらい跳ねた。

「椿が可愛いことばかり言うから酔わせて食べたくなったんだ」

「良平さんだって、かっこいいことばかり言っているじゃないですか。教会でプロポーズをしてもらえて夢みたいでした。ありがとうございます」

照れ笑いをすると、良平さんがフッと笑った。そしてまたお酒を口移しで飲まされる。

「りょ、良平さん……。私だって、貴方に抱かれたいんだから、別に酔わせなくたって……」

「知らないのか？　酔った椿はすごく積極的なんだ」

「そ、そうですか……。でも、お酒は本当にもう……」

彼の返答に顔が熱くなる。

きっと彼は初めての夜のことを言ってるのだ。酔った勢いで彼に『抱いて』とお願いしたあの日のことを……

彼の私を見る熱っぽい瞳と今飲んだお酒による酔いが、脈拍を著しく上昇させた。心臓が痛いくらいにけたたましい。

「椿」

「あっ……やぁっ、んぅ」

良平さんがスカートを捲り上げる。お尻が丸見えになったことが恥ずかしくて、彼の上から逃げようとするが身動きすらさせてもらえなかった。

それに彼のものが秘部にぴったりと当たっているので、少しショーツをずらして腰を動かすだけで簡単に入ってしまいそうだった。そんなことを想像するだけで、お腹の奥が期待でズクリと疼《うず》く。その疼《うず》きを悟られたくなくて彼に抱きついて顔を隠した。

私ったら、なんて恥ずかしいことを考えてるの……

「なぁ、椿」

「あ……！　待っ……そこはっ」

彼は色気たっぷりの声で私の名前を呼びながら花芽を刺激するように上下に揺すってきた。かと思うと、お尻を撫でまわしていた手がショーツの隙間を縫って中に入ってくる。

「ぐちょぐちょじゃないか。やっぱり椿は酒を飲むと、いやらしくなるな」

「そんなことっ……」

「ないか？　でもそうか。椿はいつもエッチだもんな。俺が触るとすぐに反応して、ここを濡らす」

「ひゃんっ！」

良平さんは愉しそうに蜜口に指を浅く突き挿した。

涙目で睨《にら》みつけても気にしていないのか、挑発的な笑みを向けてくる。それが悔しくて、消え入りそうな声で彼に反抗した。

「良平さんの意地悪……嫌い」

顔ごと背けると、彼の手が私の後頭部にまわって噛みつくようにキスされた。

「んっ、んんっ……っふぅ」

いきなり舌を捩じ込まれて、呼吸を奪われる。一方、下のほうでは花芽を嬲《なぶ》りながら彼の指が中を掻き回している。

いやらしいのは貴方だと言ってやりたくなるくらい彼の舌も手も淫らに動いて私を翻弄した。

「ふ、んっ……はぁ、ぁんっ」

二人の唾液が唇の端をつたう。いつしか夢中で舌を絡め合って、縋《すが》りつくように彼にキスをしていた。

気持ちいい……

良平さんは私が本気で怒っていないことを分かっているのか、宥《なだ》めるどころか中を掻き回す指をもう一本増やしてきた。瞬間、強い快感が全身を駆け巡る。

「りょ、りょうへ、い、ひあっ……あっ、やっ……それ、無理……イッちゃう……」

ぎゅっと彼のシャツを掴むと、後頭部に回っていた手が次は背中にまわる。包み込むように抱き締められて、一気に高みへと押し上げられた。

「も、もぉ……あっ、ああっ!!」

一際甲高い声を上げて、仰け反る。

性的緊張から解き放たれて頭の中が真っ白に染まり、力なく彼の上に倒れ込んだ。

「可愛い」

涙の滲む目尻を指で拭われると、褒めるようにまた抱き締められる。その優しい声と抱擁が嬉しくて、力の入らないまま良平さんの膝の上で瞼を閉じる。

「この部屋にして正解だったな」

「え……」

「俺の上で乱れる椿が――大きな窓から見える海と重なってまるで絵画のようで、見惚れるくらいに美しかった」

「な、何言ってるんですか……」

至極真面目な顔でのたまう彼に、二の句が継げない。

普段とは違う場所にいるから浮かれているんだろうか。いつも以上に甘い雰囲気を漂わせている良平さんをジッと見ると、突然くるりと景色が変わった。

彼が覆い被さってきたことに気づいた時には、すでに背中のファスナーがおろされていた。ワンピースなので、そこを開かれてしまえばもう脱げたも同然だ。

「電気を……」

「必要ない。あんなにも大きな窓があるんだ。消したって明るい」

良平さんは私の願いを一蹴し、ワンピースを取り払いブラのホックをパチンと外した。ぷるんと乳房がまろび出る。彼はむにゅむにゅと乳房を揉みしだき、彼の手で淫靡《いんび》に形を変えた胸の先端に吸いついた。

「あ……ひゃあ……っぁあ」

良平さんの触れたところから熱が広がっていく。彼は胸の先端を舌で愛撫しながら、ショーツに手をかけた。

「や、待って……」

ぐっしょりと濡れたショーツを知られたくなくて彼を制しようとしたが、それよりも先にスルリと引き下ろされてしまう。

あふれた愛液が糸を引いたのが分かって両手で顔を覆った。

「椿、顔を隠すな」

「だって恥ずかしいんです。良平さんも脱いでください」

体を少し起こして良平さんのシャツのボタンを外す。徐々に露わになっていく彼の鎖骨と胸板に、そっと触れた。

何度体を重ねても、恥ずかしさや期待、嬉しさ、多幸感——色々な感情が綯《な》い交ぜになって落ち着かない。

「良平さん……」

「椿、愛してる」

上半身裸になった良平さんを見つめていると、彼が愛の言葉をくれる。

「私も……」

「意地悪だから嫌いなんじゃなかったのか？」

「あれは……違います。拗ねただけで……。ごめんなさい。本当は大好きです」

ふるふると首を横に振り、今脱がしたばかりの彼のシャツをぎゅっと握る。彼は揶揄《からか》うように笑いながら、か細い声で謝る私を抱き締めて背中をさすった。

「愛しています」

「分かってるよ。恥ずかしがってる椿が可愛すぎて、つい揶揄《からか》ってしまったんだ。悪かった」

良平さんは宥《なだ》めるように私の髪を撫でながら、額や瞼、唇に優しいキスをくれた。軽く触れるだけのキスなのに、胸が張り裂けそうなくらい高鳴った。彼は優しく微笑んで、私の手の中にある彼のシャツを床に放り投げた。そして手のひらにキスをくれる。

幸せだ。彼が注いでくれる愛情が嬉しくてたまらない。

多幸感が私を包んで、私も良平さんと同じように彼の手に口づけた。

「良平さん、抱いてください。続きをしてほしいの」

甘えるようにすり寄ると、彼はニヤリと笑って指で胸の先端をくりくりと摘んだ。ねだったとはいえ、急に強い刺激を与えられて背中がわななく。

「あっ！」

「おねだりが上手な椿には、ご褒美をやらないとな」

蠱惑《こわく》的に笑う彼に喉がゴクリと鳴る。彼がくれるご褒美に期待して、愛液がとろりとあふれたのが分かった。

「んぅ……りょ、良平さっ、やっ、ぁんっ」

良平さんは右胸の先端に吸いつき、左胸の先端を指先で転がした。両方を同時に愛撫されると気持ちがよくて、腰が浮いてしまう。彼の髪をぎゅっと掴むと、惜しむように乳暈《にゅううん》をまるく舐《ねぶ》って離れていった。

「硬くなってきたな、可愛い」

彼に好きなように吸われ弄られた胸はぷっくりと膨らんで、もっとしてとねだっているようだった。そこを指でつんと突かれるだけで、体が震える。

良平さんの意地悪な笑い声が鼓膜をくすぐって、ぶわっと体温が上がった。

「そういえば椿はここが大好きだったよな」

「え？　やだっ、違っ……」

唐突に足首を掴む彼に、次にされることが分かって慌てて身を捩《よじ》った。が、抵抗の甲斐なく足の指を口に含まれてしまう。

お風呂入ってないのに……！

「良平さん、やだ。無理です！」

「なぜだ？　ここ好きだろ？」

「でもお風呂入ってないから……汚いです」

「そんなこと気にしなくていい」

じたばたと暴れても彼は離してくれなかった。むしろ力強く掴んで、足の指を一本一本丁寧に舐めてくる。舐められているところからビリビリと痺れてきて、もうパニックだ。

「ぅあっ……ダ、ダメッ、ダメなのに……」

どうして気持ちいいの……

良平さんは混乱している私が愉快なのか、ご機嫌に足の指を舐めている。時に甘く歯を立てて、私の体がビクビクと震えると得意げだ。

足の指だけは何度舐められても慣れない。恥ずかしくて死んでしまいそうなのにすごく気持ちいい。その乖離がさらに快感を生んだ。

言い表せないくらいの快感と羞恥が――歯を立てられた足の指から広がっていった。

「やっ……あっ、ふぁっ……だめぇ」

「そろそろ認めろよ。足の指舐められるのが好きだって」

そんなの無理だ。それを認めたら、何かを失ってしまう気がする。

ゼーハーと肩で息をしながら、涙目で助けを乞うように良平さんを見る。彼は目が合った途端、クスッと笑った。

「聞くまでもなかったな。ほら、ここすごいぞ」

「えっ……！」

良平さんは戸惑う私の脚を大きく広げ、花弁を割り開くように触れた。くちゅっという恥ずかしい音と共に良平さんの指を濡らしたのが分かった。

「とろとろじゃねぇか。ほら、認めろよ。そうしたら、もっと舐めてやる」

「……足の指は、もういいです。これ以上は、恥ずかしくて……死んじゃいます」

真っ赤な顔で首を横に振り、ずりずりとずり上がって彼から逃げる。足も自分のほうに引き寄せて、体を丸めて舐められないようにした。

「椿」

すると、低い声で咎められて体が小さく震える。おそるおそる彼を見ると、私を悠然と見下ろしていた。まるで自ら防御を崩して差し出せと命じられているような目に、私は丸まるのをやめた。

「良平さん……」

「足の指が嫌なら違うところにしてやる。だから、脚を開け」

ぎゅっと目を瞑《つぶ》って、良平さんの前にすべてを曝《さら》け出す。良平さんは「上出来だ」と私を褒めて、身を屈めた。

「あぁっ！」

彼は脚の間に顔をうずめて、愛液を舐め取るように蜜口に舌を這わせた。腰を押さえ込んで愛液をじゅるっと啜《すす》りながら、尖らせた舌を膣内に挿れてくる。捩じ込まれた舌が気持ちよくて腰がガクガクと震えた。

「ひゃあ、ああ……ふっ、んぅ」

彼の舌が中を舐《ねぶ》ると、目の奥が明滅を繰り返す。あふれる愛液を取りこぼさないようにとうごめく舌が、私を追い詰めていった。

「はぅぅ、あっ……それ、気持ちいっ、も、もぉイッちゃう」

先ほど足の指を散々舐められて高められていたせいか、ちょっと舐められるだけで私の体は簡単に限界を迎えた。良平さんにそれを訴えると、彼の指が花芽をきゅっと押し潰す。その刺激に腰が跳ねる。でもがっしりと押さえ込まれているから、快感を逃すことすら許してもらえなかった。

もう我慢できない……イッちゃう……

「ああっ、りょ、りょうへ、い……――っ！」

法悦の波に攫われて浮遊感のようなものを感じた瞬間、体がドッとシーツに沈んだ。はぁはぁと荒い息を繰り返しながら良平さんを見ると、髪をかき上げながら私を見つめる意地悪な笑みとかち合った。そしてまた脚の間に顔をうずめてくる。

「やだ、待ってください……まだ無理です、イッたばかりだから……」

「さて、どうしようか？」

良平さんは私の制止を聞かずに、太ももに吸いつきながら薄皮を剥いた花芽を愛液まみれの指で転がした。イッたばかりの体には刺激が強すぎて、縋《すが》るように彼の手を掴む。でも抵抗になっていないようで、彼は花芽を指で弾いた。

「あんっ！　良平さん……待っ……もうっ、そこじゃなくて……」

「そこじゃなくて？」

聞き返してくれるのに、手を止めてくれない。

嗜虐《しぎゃく》的な彼の眼差しに――もっとしてほしい気持ちと、早く一つになりたいという思いが鬩《せめ》ぎ合う。

「あっ、や……手……」

「ん？」

「そ、そこも、気持ちいいけど……早く……欲しいの……」

なんとか言葉を絞り出すと、良平さんの目がスッと細まった。彼は何も答えてくれないまま私の片脚を肩に乗せた。そして片手で器用に避妊具をつけたかと思うと、体の奥まで一気に穿った。

「あぁあっ!!」

待ち望んでいた感覚に、挿れられただけで頭が真っ白になって良平さんに縋《すが》りつく。

「可愛い。上手におねだりができて、いい子だ」

「ああっ……ひぁあっ……～～～っ」

良平さんの言葉に返事ができない。言葉にならないままに、はくはくと息を繰り返す。自分を貫く快感に体を仰け反らせて彼の腕に爪を立てた。

「ひあっ、あっ……はぅ、あぁあっ！」

私の腰を掴んで前後に揺すりながら、内壁を擦り上げる。腰をグラインドさせて掻き回すように出し挿れされると、頭の中が白く濁った。まるで涎を垂らしているみたいに愛液が止めどなくあふれてくる。

「椿の中……熱い。ぐちょぐちょに濡れて絡みついてくる。すげぇ気持ちいい」

「ひゃんっ」

きゅっと左右の乳首を同時に摘まれて、声を漏らした拍子に膣内がぎゅっと締まった。

「ふっ、すごい締めつけだな。素直で可愛い」

「だって、気持ちいい、からっ……良平さんっ、す、好きっ……愛して、ますっ」

「俺も愛してるよ」

「ああっ！」

返事と一緒に激しく突き上げられてお腹の奥がきゅうっとなり、つま先までピンと力が入った。

すると、膝を曲げ今よりも大きく脚を開かされる。繋がったところが丸見えの恥ずかしい格好のまま、抗うことのできない快楽を刻み込まれていった。

「ん、ん……あぅん……はぁ……はぅ……ひぁ……ううう、んぅ……」

「椿、愛してる。そんな言葉じゃ足りないくらい、椿に溺れているんだ」

彼は腰の動きを止めて、私を力強く抱き締めた。

良平さん……

そんなことを言ってもらえることが嬉しくて、くすぐったくて……私は泣きながら彼の背中に手を回した。

「私も、私も同じ気持ちです。言葉なんかでは言い表せないほどに愛しています。貴方がいないとダメなんです……ずっと一緒にいてください、神様に誓ったように、ずっと……」

「当たり前だ。泣いたって絶対に離さないから覚悟しておけ」

「ええ、離さないで」

頷くと、唇を合わせてくれる。

彼に愛されるまでどうやって過ごしていたか分からないくらい、今の私は彼がいないと生きていけない。

生涯を良平さんと寄り添って生きていきたい。

惜しみない愛をくれ、公私共に導いてくれるこの人が側にいてくれれば、どんなことも乗り越えていけそうな気がする。怖いものなんてない。

私は良平さんのキスに酔いしれながら、そっと目を閉じた。

この作品に対する皆様のご意見・ご感想をお待ちしております。

おハガキ・お手紙は以下の宛先にお送りください。

【宛先】

〒150-6019 東京都渋谷区恵比寿4-20-3 恵比寿ガーデンプレイスタワー 19F
（株）アルファポリス　書籍感想係

メールフォームでのご意見・ご感想は右のＱＲコードから、
あるいは以下のワードで検索をかけてください。

アルファポリス　書籍の感想　検索

ご感想はこちらから

本書は、「アルファポリス」（https://www.alphapolis.co.jp/）に掲載されていたものを、
改稿、加筆、改題のうえ、書籍化したものです。

難攻《なんこう》不《ふ》落《らく》のエリート上司《じょうし》の執着愛《しゅうちゃくあい》から逃《に》げられません

Adria（あどりあ）

2025年 2月 25日初版発行

編集－中村朝子・大木 瞳
編集長－倉持真理
発行者－梶本雄介
発行所－株式会社アルファポリス
〒150-6019 東京都渋谷区恵比寿4-20-3 恵比寿ガーデンプレイスタワー19F
TEL 03-6277-1601（営業） 03-6277-1602（編集）
URL https://www.alphapolis.co.jp/
発売元－株式会社星雲社（共同出版社・流通責任出版社）
〒112-0005 東京都文京区水道1-3-30
TEL 03-3868-3275
装丁イラスト－花恋
装丁デザイン－AFTERGLOW
（レーベルフォーマットデザイン－hive&co.,ltd.）
印刷－中央精版印刷株式会社

価格はカバーに表示されてあります。

落丁乱丁の場合はアルファポリスまでご連絡ください。

送料は小社負担でお取り替えします。


ISBN978-4-434-35327-7 C0093